健康快樂行

陳順德 著

自序

從事教育超過四十年了，因此在寫作上離不開教育的本質，以教育理念為出發點，雖然書中均是一篇篇短短的小文章，惟其內涵具有啟發孩子的心靈，分享教育的經驗，但願讀者能從其中受到感動而有所行動。

本書以《健康快樂行》為書名，強調健康的人生是一切的基礎。歐洲諺語有「不要用珍寶裝飾自己，而要用健康武裝身體。」有健康的人，便有希望；有希望的人，便有了一切。因體檢而發現自己身體亮起紅燈，一方面作為自己的警惕，另方面提醒大家重視健康。近年來看到許多年輕的朋友，因忽視健康的重要，正逢事業巔峰，功名成就時驟然離開人間，令人惋惜。

本書分為三輯，輯一為「生活小品」，敘述生活點滴及往事回憶，對生命價值的闡述，沒有健康身體就沒有幸福的人生，體悟健康是人生中最大的財富。今日看到生活的糜爛，沉迷於聲色場所，不知愛惜自己，終致病魔纏身。其中有一篇〈憶母親〉，在書寫中數度落淚，回憶母親教養的用心，為子女無悔的付出，無以回報感到內疚。多年來參與宗族文化事務，有鑒於文化資產保存的重要，喚醒人們重視先民遺留下來的文物。

輯二為「教育隨筆」，敘述四十年在教育崗位的歷程，心中的確有無限感懷。近年參與各種研習感想、校外教學、教育參訪紀聞、參加地區活動等，歷次在三峽教育研究院專業增能研習，與來自全國各地的學員交流，獲得寶貴經驗；多年來教育改革的問題與省思，勉勵自己如何發揮治校效能；每年帶領本校學生校外參訪，學校雖小，更需要擴大孩子的視野，給予多元的學習。文中以自己的教育觀點，願與教育夥伴共分享，期望獲得迴響。

輯三為「校園集錦」，是本校出版輔導刊物的「正義快訊」，為學生及家長之間溝通的短文，每期寫出不同的主題，文字雖短，文中則富有惕勵上進的涵義，例如〈星雲說偈〉是星雲法師每日在「人間福報」發表的短文，富有修養心性的意義，作為世人省思的名言；〈清掃學習〉體驗，磨練孩子的心志，學習謙卑，期許孩子正面思考，勇於接受任何挑戰，是親、師、生最佳的溝通橋樑。

這些平時累積的生活點滴，心有所感而隨筆記錄下來，無意中又累積了數萬言，經過整理，再加以潤飾，成為我的第三本書。在好友的鼓勵下，倉促付梓，因此疏漏難免，期盼先進不吝指教，謹以為序。

目次

輯二　教育隨筆

輯三　校園集錦

輯一　生活小品

回首四十年

年過一甲子，正逢服務教育界滿四十年頭，即將獲教育部頒發全國服務資深優良教師獎，內心有說不完的心路歷程。希望藉由這支笨拙的筆，記錄過去的教育生活的點滴，知所省悟與感恩，在今年教師節表揚前夕，內心充滿無限的感懷。

記得高中畢業的那一年，首次赴高雄市參加大專聯考，不知未來何去何從，那時偏遠地區正好缺乏國小師資，全台半數以上師範學校辦理特別師範科招生，幸運考取台南師專就讀，經過一年的教育培訓，被分發到澎湖離島服務，因此有緣踏入教育界服務。

當年初次離家，來到陌生的台灣，暗地摸索，就近住學校宿舍，住宿膳食免費，當時開了兩個班，其中一班是為澎湖離島來的學生而開，來自金門共有十一位同學，因此能夠相互照料。剛接觸教育理論的課程，十分乏味，譬如教育專業科目是少不了的，遇到照本宣科的老教授，只好自己閱讀進修；課程教材教法比較實用，德智體群並重。畢業後分發至澎湖離島望安國小服務，從未想到在一個離島中的離島任教。

每逢冬季來臨，在那光禿禿的小島上，風沙飛揚，極為不適應。那一年正好遇到石油危機，物價飛揚，民生物質缺乏。來到這個陌生的地方，幸好來的同學多，食宿不成問題。剛到這兒，所見到的居民生活環境比那時候的金門好，生活水準高，大概是從事捕魚收穫豐富的緣故，洋樓式的建築不少，孩童的穿著也不差，對外交通便利，物質供應不會匱乏，放眼看去一片草原地，很少看到高大的樹林。

在海上遠望小島，像是個平台浮在海面上，一般稱「海蝕平台」，柱狀的玄武岩林立，極為壯觀，是澎湖特殊的地理景觀。靠山吃山，靠海吃海，以從事捕魚為生，田裡的農事由婦女擔綱，看不到男人種田。婦人為防風沙日曬，個個把頭纏住只剩下兩個眼睛，認不出是那一家的女孩。漁民除了捕魚外，漁船也從事打撈珊瑚，加工製成首飾品，價格不菲，另外也產文石製成裝飾物，這都是稀有的產物，所以澎湖的孩子升學不多，有的小學畢業後就加入捕魚行列，因此全國漁船的船長大都來自望安。

在望安國小服務了兩年，探討當地民情風俗，大多源自金門，生活習慣、言語溝通十分相近，彼此沒有隔閡，在離島的生活非常枯燥乏味，只有去適應它。後來調至台南土崎國小服務，是屬於六班的偏遠小學，承蒙李漢文校長重用，擔任六年級導師，對外比賽樣樣來，訓練國語文參賽、合唱團比賽、球隊訓練等，成了學校重要的支柱。學校處在四面竹林環抱，大多是丘陵地，十分幽靜，居民散居各山頭。種植竹林作為編製竹器材料，或栽種竹筍是當地的農產品。每逢家庭訪問須攀越山丘，人情味濃厚，經常留老師餐敘，拉近親師情誼，偶而親師交流至夜晚，人各握把火炬返回學校，十分有趣。

在台南職教一年，輾轉調回家鄉金門執教，於烈嶼上岐國小任教兩年，期間利用寒暑假搭軍船返回台南師專進修專科班，來回歷時三年。當時來往大小金門海上交通不便，每遇大潮就要以小船接駁到大船，十分驚險。每逢單號宣傳砲肆虐，最為擾人的事，住的宿舍正是落彈區域，隨時提高警覺，提心吊膽。我們這一群從大金門來的年輕夥伴，曾經發揮最佳效能，勇奪全縣會考第二名，創造了不可能的奇蹟。

兩年後受教育局調動分發至金湖國小，在此校投入三十年的教育生涯，期間除了幾年的導師工作，其餘皆擔任行政業務。最為重大的工作是承辦六十四年版及八十二年版數學科課程實驗工作，期間並擔任本縣數學科輔導員，革新數學課程任務。八十七年起推展小班教學，兼任全縣小班教學中心執行秘書，接著推動九年一貫課程，與湖小教學團隊一起學習與成長，終於有成，如今看到學校不斷的蛻變與茁壯，內心甚感欣慰。

八十九年完成台北師院國教研究所四十學分班，一百年取得台北教育大學碩士學位，是全班最資深的學生。深切體認教師唯有不斷的進修成長，才能迎接二十一世紀教育改革的挑戰。多年來秉持負責盡職的服務態度，為教育專業付出諸多心力，故歷年服務考核名列甲等，深獲各界的肯定與嘉許。個人先後兩次榮獲為特殊優良教師獎，受教師會遴選為全國POWER教師獎，與黃芸芸和沈映汝老師組合的教學團隊，以「美麗新視界」藝術與人文創新教學方案，榮獲教育部教學卓越獎，印證凡是走過的路，必留下永恒的足跡。

近年來參與新課程改革，雖然服務年資已深，但追求終身學習理念則永不休止，時時惕勵自己，必須保持充沛的活力，並勇於接受任何挑戰。九十一年借調教育部擔任教學輔導員一年，協助推動九年一貫課程工作，輔導金門及馬祖地區，深入各校訪視，反映基層聲音。九十五年借調至教育局擔任課程督學兩年，仍持續不輟的全力推動全縣國民中小學課程計畫及辦理各項研習活動。

課程督學仍是為推動九年一貫課程工作而設，承辦國教輔導團業務，辦理全縣各項教師研習，學校基本學力測驗工作，參與北區策略聯盟會議或教育部會議，期間觀摩學習成長頗多，認識教育界夥伴，增廣學習領域。教改推動時遭遇許多爭議，依然度過多少困境與難關。

九十七年經過激烈的競爭遴選成為正義國小校長，提出了辦學理念，首先秉持教育部揭示為全人教育、溫馨校園、終身學習的願景；把握學校規劃的教育願景邁進。四年前遴選時提出幾項辦學重點，經過連任校務評鑑，各項逐步推動，如開心農場栽種的歷程，展現互助合作的精神，凡事非不勞而獲，認清了唯有耕耘才有收穫的道理；做家事體驗為培養孩子勤勞的習慣；生態環境建置提供學校教學資源；小小解說員培訓是探索生物的奧秘；寫作力的展現引以為傲，讓他校刮目相看，種種措施的推動已有具體成效。

治校理念秉持以營造舒適健康的學習園地、耕耘優質教育、追求卓越領導、塑造優質團隊、建構精緻化小校風華，建構創新的永續校園，發展小校精緻化教學，建立學校特色，成為優質校園。深切體認一位好的校長，應深具愛心，用心經營學校，使學校成為社區最信賴、最有效能的學校，讓學生快樂地學習，教師尊嚴的教學，家長信任參與的美好教育園地。

在教育改革路途中，經歷六十四年及八十二年課程改革，尤其九年一貫課程改革自九十學度正式實施以來，其課程理念及精神內涵雖然獲得中小學老師及社會大眾的支持與認同，惟在執行過程中，相關教育問題，主體調適上發生落差現象，從「行政機關體制運作、學校組織運作、中小學老師專業知能、家長價值觀念及學生學習型態」等等，多方面的主客觀條件，可能部分發生失調現象，以致影響九年一貫課程之實施。各界非常關心「課程統整、協同教學、一綱多本、課程銜接、教科書內容錯誤、英語教學城鄉差距、鄉土語言音標學習、建構數學導致學生程度降低」等相關主題之實施及其問題，教育部為加速推動工作的腳步，特別培訓五百名種子教師及課程督學，尤其「課程督學」的設置是前所未有，可見教育部特別重視本計劃的推動。本人因借調教育部參與九年一貫課程推動小組工作一年，歷經二十餘次推動小組會議，了解九年一貫課程推動的概況，更了解教改的方向，掌握教改的精髓。

閒暇之餘，秉持「閱讀・悅讀」的理念，廣泛涉獵各種教育專業叢書，時時瀏覽新課程精髓，密切注視教育改革脈動，並經常收集鄉土資源，編印鄉土自然補充教材；提供教學理念與資訊，陸續發表教育性文章於金門日報，結集出版《永恆的生命》、《收穫的喜悅》二書，並增加生活的樂趣，也達到終身學習的理想。閒暇時從事宗族文化研究工作及有關文史研究，協助鄉親尋根活動；積極投入社區公益活動，解決鄉親疑難；經常義務擔任鄉土解說，讓生活增添活力。自以為領了政府不薄的薪水，不能愧對良心，因此學校付出的時間遠超過一般正常的作息時間，經常以校作家，不以為意。多年來寒暑假為辦理教師甄選工作而犧牲假期，多年來甚少出外旅遊，總是放心不下，凡事善盡職責就好。

四十年的歲月匆匆流走，感慨光陰飛逝如梭，該要退休的時候。前年幾位湖小的老師獲頒二十年資深優良教師，那是當年在湖小執教的學生，如今看到個個畢業的學生有所成就，遍布社會各階層，內心感到欣慰。即將頒發全國服務資深優良教師獎前夕，回顧個人畢生教育心路歷程，分享給所有教育夥伴，大家繼續努力奮鬥吧！

寫作的樂趣

一篇文章的寫作，一本書的出版對於個人來說是自我省思與學習成長，以及為開啟生命智慧之鑰。諸位同學在師長們的鼓勵與指導下，投稿數量逐年不斷增加，形成一股寫作的風氣，值得可喜。

若以校長寫作的經驗而言，回顧半世紀的歲月裡，總有許多令人值得回憶的甜蜜往事，尤其從事教育工作四十載，更有述說不完的心路歷程，希望藉由這支笨拙的筆，記錄過往的生活點滴，以之有所省悟與感恩，並勉勵後代的子孫要謹記前人曾經走過的足跡。這些富有紀念價值的文章是用金錢無法買得到的，況且人生又是短暫的旅程，寫作不僅能讓我停下腳步沉思，亦能對過往加以回顧。

在寫作的過程中，你會發覺許多有疑慮的問題，無形中自我成長，審慎使用語詞，語文能力也會明顯提升。身為教育工作者，當成是教育孩子的活教材，常引用書中奮鬥的過程，勉勵同學奮發向上，成為有出息的人。然而凡走過必留下痕跡，不加以紀錄，只是空談而已。希望各位小作家們，能以堅強的意志力不斷地努力寫作，累積一定的篇數即可出版一本書。金門日報曾刊載一篇〈省悟與感恩〉的文章，評論我第一本出版的書，當親朋好友看到後，莫不以驚奇的眼光看待，大多不知我會寫作，更想不到我會出書，紛紛致電祝賀，並向我索取新書，這本書成了我致贈親友最佳的伴手禮，希望有更多的讀者分享我的生命歷程。

四年前出版第一本書是《永恆的生命》，接著第二本《收穫的喜悅》亦已進入排版階段，近期即將出版。這些年來把過去經歷的故事，所看到的一切作了詳盡的記錄，雖然並非佳作，自己卻感到滿意，至少在閒暇之餘可以回顧省思過去的作為，抒發內心的想法，讓這些文章傳給後人，看到前人走過的足跡，留下一些值得紀念的篇章。

各位即將畢業的同學們，你們投稿金門日報、國語日報、人間福報的篇數已經創造了奇蹟；參與ＳＯＮＹ小小記者寫下無數的篇章及拍攝的影像，傑出的表現是學弟學妹們學習的榜樣，畢業前夕出版這本專輯作為自己畢業的賀禮，謹此祝福並共勉之。

追根溯源繼往開來

本會成立邁入第九個年頭，這些年來先後協助編撰《金門古典文獻探索》及《金門各姓氏族譜類篡》等文史書籍，辦理族譜展覽協助鄉親尋根，為本縣文史奉獻心力，期許更多同好加入我們的行列。

本刊物承蒙海內外同好共襄盛舉，無償提供稿件，讓期刊內容更為充實，卻具有深度的刊物。本期以第三屆海峽兩岸青少年中華姓氏源流知識競賽活動記錄為主，讓此項深具歷史意義的競賽活動留給兩岸人民深刻的印象。本次辦理競賽活動為喚起各界重視宗族文化，發揚傳統文化精神。近年來許多鄉親欲尋根，因遠渡重洋謀生，家譜未能建立而苦無尋找其根源，年代久遠更為困難。從小建立本土宗族觀念，長大後知道飲水思源，長幼有序的道理。

金門具有悠久而傳統的宗族文化，在這一百五十餘平方公里的小島上，未受到大陸文化大革命及台灣社會改變的影響，保存諸多中原文化的宗族社會型態，如宗廟奠安、冬至祭祖、廟會慶典等，保存完整的傳統祭典儀式。本協會成立於二〇〇四年，為協助各姓氏編修族譜，了解宗族的淵源，保存宗祠文化等各種史料。曾經多次赴台省及大陸舉辦族譜展覽、出版專刊、編修文史工作等，透過廈門、晉江等譜牒學會的互訪交流，了解大陸極為重視族譜的收集與保存。

中國人對譜牒非常重視，舊時的家規族約中往往有對族譜保存的有關規定。但相對來說，古代人要比現代人重視譜牒，南方人要比北方人重視譜牒，小姓要比大姓更重視譜牒，海外的華人要比國內的人更重視譜牒。

族譜記錄了一個家族曲折的歷史，反映了一種文化傳統，以記載一個姓氏的祖先名諱，及家族歷史為主要內容的一種文獻。近年來遇到海外華僑返鄉尋根，有些幸運者找到祖先的淵源，有些因家譜缺少記載，加上年代久遠，無法如願以償。中華民族自古就有編修族譜的傳統，現代的文史工作者應發揚光大，讓社會大眾更了解宗族文化的淵源。

無名的解說員

我從來不曾接受解說員的培訓，竟然成了在地的解說員，自己覺得十分驚訝，不知說得合不合人意。由於多年來擔任自然領域的教學，長時間涉獵生態新知，有興趣深入探討的緣故。經常接待來訪的教授專家，充當臨時導遊，一回生二回熟，可以面對任何類型的訪客。

自從何浦國小請我擔任解說員開始，於是不斷收集相關資料，希望不讓師生失望，接著金湖國小、中正國小等陸續聘請幫忙，我也義不容辭答應了，自認為是無名的解說員。

當何浦國小師生參訪陳景蘭洋樓與山后民俗村，重點是洋樓、宗祠與古厝的介紹，不外乎歷史源流、建築特色等介紹，當然閩南建築形式不同，術語深奧，只能用最通俗的術語加以說明。

金湖國小校外教學以五虎山生態介紹，重點是原生植物的介紹，舉凡山黃梔、田代石斑木、小葉赤楠、桃金孃、野牡丹、雀梅等散布在步道兩旁，至少每位學生應認識幾種常見的植物。希望孩子多了解一些本土植物，熱愛這片屬於自己的土地。

中正國小以教師及員工為主，一百多人分三輛遊覽車駛入碧山，人數最多，以睿友學校開始解說，將本棟洋樓的肇始及特色，以及早年教育對聚落子弟的影響，讓大家深入了解。特別以陳長慶所寫的〈阮的家鄉是碧山〉這首閩南詩導讀，更增加對碧山的認識。

接著前往后扁海濱，進入沿岸沙丘布滿海濱植物，有馬鞍藤、濱刺草、待宵花、蔓荊等，接近潮間帶沙灘上，密密麻麻的擬糞，那是股窗蟹與毛帶蟹的傑作；爬上岩礁看到各種貝類，以岩螺最多，其他像珠螺、鐘螺、蜑螺也不少，岩縫排滿龜爪，岩面上長滿藤壺，都可以取回當桌上佳餚。

記得有一次北市大安國小教學團隊到訪，特別請我當導遊，只幫他們租車而已，他們認為在地人解說富有感情，是外地人無法比的。當然事前的準備必須充分，免得出糗。讓他們收穫滿滿，不虛此行。

從此更需要深入探究地區的人文史蹟、自然生態等概況。自從來到正義國小，一直培訓校園小小解說員，從學校出發到社區，希望每個孩子都能了解家鄉的歷史與風土人情，讓他們成為在地的解說員，向遊客敘說家鄉的故事，也是一項有意義的學習。

由於小時候經常接觸自然界生態環境，常和家人上山下海，十分熟悉。近年來常爬太武山，有興趣認識一些原生植物，查閱植物圖鑑，常常觀察比較，自然了解更多植物的特徵。

本校辦理校外教學，大多親自解說，像林務所培育的植物園，是校外教學最佳場地，植物種類繁多，適合一般中小學生學習的教材資源。金門自國家公園設立後，建置許多生態展示館，修復洋樓古厝，保存戰役紀念武器，活化空間利用，配合縣府打造觀光休憩環境，成為一個美麗的島嶼。

我們身為在地人，更應該了解自己的家鄉，維護家鄉的歷史文物，有責任宣揚家鄉歷史文化，讓更多的遊客認識金門的文化。

木瓜成熟時

學校後花園開闢了一塊農場，是學童們種植蔬菜的園地，每年都有不同蔬菜收成，成了孩子學習的好所在。每次下課時總有一些小朋友到田園裡，看看菜長高了沒有，記下觀察的結果。

兩年前在田裡冒出幾棵木瓜苗，我特別把它保留起來，讓它自然成長，不到一年的時光，約十幾棵長成了，也許是泥土肥沃的緣故，有一人的高度，開始開花結果，真是無心插柳柳成蔭。

今年的春天，這些木瓜樹長得更高，在茂密的樹葉下，結實纍纍，結不同形狀的果實，長條型、橢圓形都有，每株至少數十個，心想今年收成一定可觀。暑假過後，進入秋天的季節裡，木瓜自底部逐漸成熟，於是稍有黃斑出現就摘下來，如果等它成熟，松鼠、野鳥便來光顧，成了牠們現成的食糧。

立秋之後，木瓜成熟速度加快，每天至少採收兩桶，大的有五市斤重，盛產時收成達到百餘斤，十分可觀。除了供教職員食用，每個學童分得一個木瓜帶回家，共同分享收穫的喜悅。每逢來訪的賓客，成了伴手禮，驚訝學校有此收成。

今年乾旱緣故，木瓜甜度特別高，質地也佳，不比台灣產的遜色，吃過的人都說讚。青木瓜可以拿來做菜，或打成果汁，富有營養價值的水果，含有豐富的維生素，是最容易栽種的果樹。

這些木瓜樹儼然像一塊果園，外賓來校參觀時嘖嘖稱奇，以為學校用了特別的肥料才長得那麼好，其實我們沒有刻意去照顧，其實這塊田地富有落葉的腐植土，沒有施用化學肥料，沒有噴灑農藥，可以說是有機農作物。

在本校這些年來開墾的農田，已經發揮境教功能，學童藉由種植體驗活動中，獲得課程內所需的教材，從中發抒自己的感想，分享給同學，並且投稿刊載於報上。譬如本校加入ＳＯＮＹ校園小記者曾報導校園環保文章，榮獲全國文字報導獎第一名，把校園內種菜、無肉日、省水、減碳的活動加以發表，成了孩子們寫作的最佳題材。

木瓜的收成帶來了喜悅，驗證了有耕耘才有收穫，凡事努力才有好的結果。這塊師生共同經營的開心農場，成為他們美好的回憶。

我的新車

這輛陪伴我二十一年的轎車也該淘汰的時候，與內人商量買部新車，想起前年到日本參觀豐田汽車廠時，展出油電混合車，留下深刻的印象。因此上網查詢豐田系列的汽車，品質及性能極佳，於是決定去購買。

我對豐田汽車品質給予高度肯定，該公司重視研發新技術，不斷創新研發新款車，值得客戶信賴。我的老爺車也是豐田出產的品牌，雖超過二十年了，性能仍佳，從來不曾中途拋錨，真捨不得淘汰它，現在仍留下來代步。

這次購買的油電複合動力車，具有四點特色為環保低排放、加乘的動力輸出、經濟低油耗、寧靜的駕乘感受，車子價格偏高，超過百萬元，最重要的考量是省油，尤其油價近年來居高不下，購油成本增加；車子的安全性、舒適性也列入考慮；環保概念也重要，經過一番評估後，才籌錢訂購。

剛從廠商開回新車，因為車體寬闊，駕駛方式也不同，是自排檔前進，摸不清新車的性能，還好性能皆由電腦控制，駕馭漸入佳境。發動時也靜悄悄的，若無顯示板出現燈號，真不知已啟動了。

近三個月了，登錄油料添加的錢再計算實際行走的里程，真的節省耗油一半，照此計算，每年至少節省數萬元，又能達到環保的要求，為金門低碳島盡一份心力。依該公司報導資訊，到目前為止，全球銷售四百六十萬台，已受到世人青睞，成為節能的汽車。

最近本縣環保局購置綠能巴士，以及觀光區利用電動車代步，打造低碳島的目標邁進，希望成為全國低碳示範區。環保署沈世宏署長安排全國媒體，見證金門環保成果，參觀環保再生園區即微電網儲電系統展示，驚嘆有如此成效。

遇到來訪的賓客看到這部車，一直誇讚有眼光，而且外型亮麗獨特，流線型的設計，造型新穎，總算錢花得恰當。總而言之，我並不喜歡炫耀自己，非開高價轎車不可，只是做到環保又省油，減少碳的排放，共同為金門低碳島目標邁進。

這輛新車將陪伴著我，每天舒適的駕馭它，隨心所欲馳騁在每個地方，早出晚歸與我同行。

當身體發出警訊

每年主官管必須接受署立醫院體檢，今年進入第五年了，往年大致正常，膽固醇偏高一些，血糖也高，自以為身體健康。在飲食上不加節制，平時應酬也多，偶而會飲酒，在金門喜宴中總不能避免的。

今年拿到體檢結果大不如從前，除了血糖、血壓偏高外，糞便潛血檢驗出現陽性反應，必須進一步檢查，因此必須面對的結果。當然必做長期抗戰的打算，從飲食方面節制。

這些年來一直重視平日運動，曾經有十幾年爬山的習慣，身體顯得十分健朗，少有疾病纏身。自從膝關節退化因素而改騎自行車，運動量不足，體力不如從前，雖然重視養生新知，然而隨著年齡增長，新陳代謝遲緩，工作壓力因素，往往無法察覺身心劇速變化。

兩年前到日本旅遊，早上起來運動發現年輕人也重視健康，社區有健康中心設立，相較之下，國人不重視健康，每年花費在醫藥費用實在驚人，難怪健保局連年虧損。一般人只知道健康重要，能持之以恆做運動者很少，疾病纏身才驚醒過來，為時已晚。

早年因食物缺乏而營養不良，造成貧血等症狀嚴重；今日大多是文明病，食物充裕又不忌口，營養過剩又不知，男人腰圍不斷向外擴張，造成新陳代謝症候群，三高毛病出現，只有長期服藥控制，浪費醫療資源，最後不是中風就是糖尿病併發症，形同廢物一般。

因為大腸潛血有陽性反應，需做進一步檢查，當醫生排定大腸鏡檢查日期，在前三天必須控制飲食，不得食用有纖維性的食物，以流質食物為主，前一天晚上開始禁食，喝下約兩千公撮的瀉藥，十分痛苦，到了半夜起來拉肚子，直到清晨幾乎腸胃內的食物全部瀉完。

第二天進入手術檯一躺，打了一針止痛劑，醫生從肛門伸進內視鏡，從螢光幕看到自己的腸內壁，終於找到一串息肉，眼睜睜看到切除的過程，一會兒功夫就好了。過程中只覺得腸內鼓鼓的，有點不舒服，讚賞現代的醫療設備太進步了，少受手術的痛苦。醫生囑咐一周內必須遵守的注意事項，避免切除後出現的症狀。

有了這次的經驗，更增加對身體保健的重要，飲食注重清淡為宜，減低對身體的負擔，也可降低膽固醇及血糖，這一切都相關聯性，給了自己一次重要的警訊，從今以後做好養生之道。目前這樣的年齡層是癌症好發的時候，在檢查前一直擔心是否有癌症的前兆，未來仍然要持續體檢，早發現早治療。

身體健康人生是彩色，否則一切就不用談了，當然適當的運動，正常作息以及均衡的營養都十分重要，知行合一，必須有恆心保持下去，避免晚年疾病纏身，保持身體最佳狀況，才能活得健康快樂。

火砲演習

金防部一〇一年度實彈射擊的「聯信操演」，假后湖外海海域實施火砲射擊操演，接到金防部的邀請函，與炳仁兄約好清晨五時前往后湖射擊場，在軍方的引導之下，抵達參觀台已坐滿了來賓，等待演習開始。

金門經歷八二三砲戰，震驚海內外，當時砲兵是主要戰力部隊，在敵人重砲威嚇下，毅然屹立不搖，贏得最後勝利。當時全島落彈約四十萬多發，可見砲火之激烈，粉碎共軍攻下金門的美夢。

這次實施火砲射擊操演，總計有五類三十四門火砲參演，數量為歷年之最，同時發射兩枚有「鎮島巨砲」之稱的二四〇榴彈砲，威力強大，聲勢震撼。官兵以嫻熟的動作參演，充分展現國防實力及國軍平日訓練的成效，過程圓滿順利。從清晨五時三十分到七時三十分之間，在后湖陣地、溪邊及尚義海堤實施聯合火力機制及重砲保養實彈射擊訓練，射擊訓練包括有美造二四〇榴彈砲、八吋榴砲、一五五加砲、一〇五榴砲及國造一二〇砲，合計五類三十四門，總計發射九十八發砲彈。

陸總部副參謀總長嚴德發在后湖海邊主持演習，金門副縣長吳友欽、各鄉鎮長、仕紳、退役榮民及金門高中職、金大學生計近二百人參觀，另地方電子、平面及廣播媒體採訪，現場實彈射擊時火光、硝煙、巨響瀰漫全場，特別是八吋砲齊射時，令現場觀眾驚呼連連，深刻體驗到「震撼教育」滋味。

金防部強調，這次火砲射擊保養，為確保訓練安全，在射擊指揮、安全管制等工作準備，均已要求參演部隊，須按「程序、步驟、要領」執行各項射擊任務，希望透過務實規劃與訓練，期能強化官兵戰場臨場感，維持裝備妥善，達成訓練要求，提昇戰備能量。

金防部也表示，重砲保養射擊是防區年度重大任務之一，藉由年度重砲保養射擊，奠定全民國防基礎，演習最終目的是在提昇部隊戰備訓練，防衛固守我們的家園，以達備戰而不求戰，止戰而不畏戰。

畢生屢次聽到轟隆的砲聲響，未曾親臨如此陣仗的火砲群操演，今晨總算親眼目睹，十分震撼。當年八二三砲戰發生，軍民死傷慘重，體驗戰爭的恐怖，如今兩岸和平交流，不希望歷史重演，大家都祈求和平。

二〇二二年的回顧

又逢歲末，回顧今年的點點滴滴，可以說是最忙碌的一年，也充滿感性的一年。

年初開始彙整作品送秀威出版社出書，整理出六萬餘字成冊，交給出版社印刷，終於有第二本書了。因印刷廠忙碌的關係，延至十一月出版，花了近一年的時間才完成。

接著準備校長連任的評鑑，將四年來累積的辦學績效整理出來，依照各項指標分類陳列，自三四月準備，到了七月才進行評鑑，總算順利過關。這段時間一直在等待之中，雖然自信會連任校長，心裡總是掛念著這件事。

二月初接到金城警察所通知做筆錄，十分驚訝，原來是本校家長因被通報虐童乙事，懷恨在心，告我毀謗罪，只好將事件緣由做成筆錄，並於六月八日出庭應訊，畢生第一次走進法庭，雖然明知無罪，但內心總是懊惱不已，最後宣判無罪，結束這件場烏龍案件。

在暑假裡辦理兩岸青少年姓氏知識競賽活動，經過半年多的籌劃，在本協會會員同心協力下，圓滿辦理此次艱難的活動，提升本協會知名度，推動宗族文化知識，讓青少年更了解姓氏源流的重要。這次參與約四百餘人於社福館盛大舉行，過程圓滿順利，兩岸共有十個學校參加，獲得金門縣政府及廈門市政府支持，是一次兩岸合作成功的文化交流。

今年正好服務滿四十年，教師節當天接受教育部頒獎表揚，馬總統於陽明山中山樓設宴款待，對這一群默默奉獻的資深教師十分禮遇，是服務教育界最高的榮譽。在「回首四十年」一文中道出歷經四十年的歲月中，有甜蜜與痛苦，一生的青春奉獻在教育。

十月底接受署立醫院主官體檢，從報告中發現血糖過高、大腸潛血檢查陽性反應，須進一步檢查，在大腸鏡檢查中，發現腸壁長息肉，醫生順便給予切除，經檢驗後為良性，總算解除危機，是一項重要警訊，在飲食方面必須節制，多食蔬果類，追求養生之道。

在校務工作上，一切十分順遂，兼職同仁更動適宜，不必凡事操心，能各司其職，以人性化領導，組織氣氛融洽，大家一起為教育打拼。

在年終發起寒冬送暖活動，各班捐款踴躍，募得萬餘元，分別捐給大同之家、家扶中心及福田家園。特別是大同之家慰問，以跳鼓陣及合唱慰勞院內的老人家，以各班代表至福田家園，感受這一群弱勢的殘障朋友的生活狀態。從這項有意義的活動中，體會自己身處在幸福的家庭中，應知感恩惜福，多付出一點愛心去關懷弱勢族群。

時光飛逝，一年轉眼就流逝，唯有把握時光，充實每一時刻，讓生命活得更有意義。

地雷

今日報載伊甸基金會舉辦「愛・勇氣・希望」系列活動，邀請諾貝爾和平獎得獎組織「國際反地雷組織」重量級成員組成代表團來台，一同踏上金門排雷完成的淨土，進行「愛在金門邁向希望」感恩健行活動，在慈堤與超過千名民眾冒雨一同捲褲管，象徵紀念所有因地雷而傷亡的人民，同時也持續倡議期待台灣政府立法禁止使用與儲存人員殺傷性地雷，澈底維護台灣人民的生命安全。

國共對峙，埋藏在金門與馬祖海岸的數萬顆地雷成為金馬人的夢魘，在國軍弟兄努力下經過七年時間排雷完成，特別在此舉辦健行活動目的，希望遠離戰爭，永遠成為和平聖地。

小時候經常出入海濱，總會看到用鐵絲網圍起來，上面掛著紅色三角型警告牌，上面寫著「地雷」二字。當年為防止匪軍侵犯而大量布雷，至今在海灘上常見圓形狀的戰車雷，因年久受海水侵蝕生鏽，失去原有的威力；沙丘上偶而看到小型的殺傷雷，記憶中在本村沒有發生過誤觸地雷事件，值得慶幸。大多靠近海岸村莊的居民，經常出入海濱而誤觸地雷，嚴重者喪命或重傷殘廢，也沒有得到應有的賠償，這些都是因戰爭付出的代價。

前幾年大兒子正好承辦掃雷案件，工程浩大，經費龐大，必須辦理國際投標，以古寧頭一帶最為密集，為了清除雷區內的植物，有損生態環境，遭受環保人士抗議，陷入兩難的窘境，工程因此延宕，幾經協調才能持續進行。他們必須清理雷區內雜草樹木，逐一探測再行挖掘，廢棄彈頭必須集中銷毀，清理完畢再行查驗，再請林務所派員重新種植樹苗，以免風砂肆虐，以恢復綠色的海岸景觀。

金門總共有三百多個區域佈過地雷，國軍成立掃雷大隊和民間廠商一起努力，清除了三十五平方公里的廢雷、廢彈有十一萬枚之多，今年六月宣布掃雷工作全部完成。如今掃除金門多年來影響發展的障礙，全縣居民免於恐懼，值得慶賀的大事。

迎城隍

農曆四月十二日是金城城隍廟遶境的日子，每年的這一天，兩岸三地的城隍廟共襄盛舉，熱鬧非凡。這股觀光季的民俗活動，吸引許多的遊客前來觀賞，行銷金門最佳的手法。

近年來，本校的跳鼓陣也受邀參加演出，獲得很好的評價，讓孩子有展演的機會。當天全校總動員，每位表演的同學身著亮麗的服裝，佩帶自己的道具，神采奕奕，讓平日訓練的成果展現在眾人的眼前。

今年浯島城隍遷治三三三週年慶，金城街道舉行繞境巡安儀式，雖然天空飄著細雨，但仍舊澆不熄民眾與信徒們的熱情，從電視畫面看到長達數公里的藝陣輦駕遊行隊伍繞巡金城市區，鑼鼓喧天、炮竹齊響，眾人在雨中共同見證金門最大的宗教慶典、體驗本地風俗文化。

浯島城隍遷治慶典繞境巡安儀式是在下午一時三十分展開，來自金城市區東、南、西、北的輦駕在各境內子弟的護衛下，陸續抵達城隍廟廣場集合，城隍廟前擠滿人潮、瞻仰現況，而在省主席陳士魁、縣長李沃士、議長王再生、金城石鎮長等人的恭迎下，浯島城隍鑾駕於二時許正式出巡、展開繞境儀式。

繞境過程中，遊行隊伍排序為了亞托燈、大鼓吹、范謝將軍、顏柳督察使、恩主公、關聖帝君、蘇府四千歲、媽祖會香陣、旗牌、執事、瓜錫、董牌爺、文武判官、南管、香燈、鄉老、道士、香擔、神駒、十音、天女散花、遮陽涼傘、粉閣，而來自金城市區的四境香陣也連同信眾與「浯島城隍」金身進行展開繞境行程、祈求平安。

除了本地的陣頭之外，大陸地區廈門等地的城隍廟，也出席共襄盛舉，一起加入遊行隊伍、繞巡市區。浯島城隍繞境巡安隊伍長達數公里，所到之處可說是人聲鼎沸、熱鬧滾滾，許多民眾不畏風雨，爭相卡位觀看東、南、西、北各境藝陣演出，而繞境過程中，各境的鑼鼓陣、電音三太子、十二婆姐、老揹少等陣頭各顯神通，沿途進行表演、吸引民眾目光，隨行的香客更是塞滿整個市區街道。

由於今年的陣頭長達數公里之遠，遊行直至晚間六時許全程結束，為浯島城隍遷治慶典劃下完美句點，迎城隍活動是政府積極推動觀光季最佳的賣點。

從碧山洋樓看金門洋樓

日前金門日報深入報導本村陳清吉洋樓被賤賣的消息，引發社會大眾的關切，紛紛向我打聽此消息，我只能以無奈來回答，並告知其不肖子孫踐踏其祖父一番苦心，作為事件的註解。

碧山自從九十八年參加「臺灣城鄉風貌整體規劃示範計畫」競賽，以「島嶼、慢鄉——金門碧山的傳統與未來」再次獲選全國年度景觀設計大獎，立即展開調查陳清吉及陳德幸洋樓作為修建的依據，我與鄉親極力斡旋此事，促成此事，透過陳昆齊在新加坡的長兄昆隊連絡，結果其孫反覆無常，一直無法取得同意，直到鈕承澤導演籌組拍「軍中樂園」，選定本洋樓拍片，才知道產權已易主了。

龍應台部長曾經到碧山社區視察，並參觀了已列入古蹟的「睿友學校」洋樓，極為關切已出售的「陳清吉洋樓」。她表示，透過對金門洋樓的普查，文化部將給金門縣政府具體的建議，給金門文化局更大的協助。希望不只做獨棟洋樓的保存，而且要做聚落群聚的保存。深切體認金門的文化資產是全國獨一無二的。以洋樓來說，不應該是孤立的、一個點一個點的保護；最理想的是要全面保護，才能真正保存完整。

金門的洋樓共有一百六十幾棟；文化部長龍應台對金門的洋樓又驚豔，又擔憂，她希望能有「文資法」的介入及保護；無論如何，她和偕行的學者專家都希望金門縣政府能積極給予制度性的保護；否則，若一夜之間失去了，將會是極大的損失。

陳清吉洋樓於民國二十年興建，是一棟三蹋壽、二落及左右護龍的洋樓，屋前並有寬闊的內埕，四周圍以外牆，左右各有門樓。建物抬高約一公尺，量體更顯高大，正面山頭採簡約花瓣造型，二樓外廊、一樓大門及窗戶均有鑄鐵防盜門窗。正面楣樑有「Union Is Strength」（團結就是力量）、托槍印度兵及舢舨船伕的泥塑，全金門僅見。大門門楣上有「相國遺澤」、「武功衍派」匾額，壁面上並有花卉及水果主題的彩釉磁磚，堪稱中西合璧之典型。後來洋樓充作國軍幹訓班使用，於虎邊門樓漆上國徽的圖樣。

陳清吉曾於二十五年左右與五十三年返鄉，短暫居住於洋樓內，但長時間陳清吉與家人因事業與學業之關係鮮少返鄉居住，因此委託陳智景協助管理房產；興建完工後初期為陳智景及其家人與鄉里未婚之族親居住，在國軍退守金門，而急需辦公、訓練與居住空間時，則國軍成為洋樓的主要使用對象，如報訊隊、通訊班、架線班、汽車駕訓隊、幹訓班等單位皆曾進駐；後部隊使用頻繁，而造成屋體破壞的情況，於五十二年由陳清吉向金門防衛部加以反映，而後由碧山營部單位派工兵草草修繕；後來國軍已有興建自身房舍後，逐漸退出洋樓空間之使用，爾後陳清吉洋樓空間閒置迄今。

自從九十一年起在本村辦理「碧山的呼喚」活動，在金門大學江柏煒教授的策劃下，喚起各界重視古厝洋樓的保存，碧山因此聲名大躁，「睿友學校」於九十五年列為縣定古蹟，著手規劃調查，鄉親極力爭取經費，九十八年終於發包修建，一百年重建完成，政府重視先民遺留下珍貴的文化資產，達成具體落實傳承歷史、保存文化、教育宣導及促進地區觀光活動發展、經濟價值等多方面的目標，使睿友學校再現風華。

碧山聚落有四棟不同型式的洋樓，各具特色，希望維修再利用，重現洋樓原有的風華。期望政府積極修法，將全縣的洋樓重新調查，建立完整資料。加強宣導民眾對洋樓文化保護的觀念，以維護洋樓特有的風貌，成為觀光的重要資產。

澳洲行

因小兒子在澳洲遊學打工的關係，特別為我們訂了往返澳洲的機票，一定要我們要到澳洲一趟旅遊，趁此暑假期間散散心也好。

行前一直感覺出國十分繁瑣，尤其語言不通又是自由行，可能會遭遇到麻煩，總以為在家最好。我們訂了廉價航空票價，與一般票差了一倍的價錢，只是轉機較為麻煩費時。

七月二十六日自三峽到桃園國際機場，行駛在高速公路，約二十分鐘便到達機場，先往櫃台劃位托運行李，有幾次出國經驗，因此慢慢走到登機口，飛機準時起飛，約四小時抵達新加坡樟宜機場，晚上八點多，匆忙趕去櫃檯辦理轉機事宜，約十點又重新起飛。飛行約六小時，在第二天七點多到達澳洲黃金海岸。

當接近機場上空，鳥瞰狹長的海岸住滿居民，靠近水岸，景色宜人，此時雖然是冬天，到處是綠地，起伏的丘陵地，成了牛羊放牧的天堂。我們在此地過了三天，暢遊四十餘公里的海岸線，雪白的沙灘，是衝浪客的天堂。三餐最好是自己動手做才合口味，外面餐館不但昂貴又吃不到佳餚，每次肚子唱空城計，還是在家過得好。

二十九日又搭機飛往雪梨，這裡人口密集，來自各國觀光客及背包客，從住宿的旅館看到不同國家的青年到此打工遊學，讓旅館住宿爆滿，習以為常。這兩天暢遊雪梨附近景點，到藍山搭纜車看山峰、看鐘乳石洞；參觀野生動物園看無尾熊、袋鼠，每個景點都收費，價格也高。在雪梨市區有動物園、蠟像館、海洋生物館、雪梨高塔等，吸引無數的觀光客到訪。正逢豪華遊艇展示活動，港口停泊各種型式的遊艇，造型多樣，造價非凡，大飽眼福。

在雪梨住了四天，玩了好多個景點，八月二日自雪梨飛新加坡轉機，從機上看澳洲，地廣人稀，經過一大片不毛之地，歷經四個小時才通過這個國家的領土，可見地方遼闊。這個國家又稱澳大利亞，是全球面積第六大的國家，大洋洲最大的國家。全國分南威爾斯、昆士蘭、南澳洲、塔斯馬尼亞、維多利亞、西澳洲六省。澳洲人平均擁有國土最多，在七百多萬平方公里的土地，只有兩千多萬人口，海洋資源豐富且保護完整，是旅遊最佳的國家。

當晚到達新加坡樟宜機場轉機，停留時間過長，夜宿機場至第二天再啟程返回桃園機場，長達三十小時的旅程，終於回到台北，當晚提前慶祝父親節，與台北親友相聚，度過一個愉快的夜晚。

夜景

一年多沒與國立台北教育大學蔡義雄老師連絡，趁著到新竹縣精進教學評估會議的空檔，與他聯絡上，約好下午兩點半在國北教大門口見面，並且約了何福田主任及林萬億教授一起來到校門口會合，一起上貓空品茶。

我們四人在老師的駕車下，前往貓空喝茶，來到一間阿義師大茶壺，安排在視野極佳的位置，遠眺台北市一〇一大樓及新光三越大樓彷彿都在眼前，這地方已經來過幾次。老師特別帶來自己喜歡的茶葉品嘗，一面聊天一面品茶，難得有此休閒的時光。

蔡師與何主任、林教授三人是同學，何主任曾擔任國家教育研究院主任多年，有好幾張研習結業證書是他頒發的，尤其是一百期校長儲訓班也是任內給的，也稱得上師傅。如今他已退休在家，從言談中得知經常赴大陸演講，推動他的三適教育理念，因此話題較多，不至於呆坐無語。

我們品茶聊天持續到黃昏，接著點菜吃晚餐，菜色有土雞、山蘇、竹筍、野菜等，平常不易吃到的菜，吃得爽口不油膩；蔡老師特別準備了陳年的洋酒，讓大家小酌一番。夜色漸昏暗，遠處聳立的一〇一大樓發出閃爍的燈光，地面奔馳的車輛射出條狀的光線，全市漸漸進入光的世界。脫離繁華的市區，來到幽靜的山林，暫時放鬆自己，悠閒自在。

多年來往返台灣參加會議及研習，來去匆匆，難得有此閒暇時間停留下來，更不易見到如此美好夜景。難得與三五好友小酌，閒話家常，是人生一大樂趣。

貓空因壺穴特殊地形著名，居民早期稱貓空為皺穴，因音似貓空而得名，經過長久的鑽蝕而鑽出洞穴，壺穴除了有圓形的正常形狀外，也有橢圓形、葫蘆形、卵形以及各種奇形怪狀，如此特殊的景觀成為貓空的賣點之一。貓空鄰近台北郊區，處於台北盆地邊緣。所以天氣晴朗時，近來有觀光纜車，從山上便可瞭望整個台北，景色一覽無遺。加上夜晚的台北燈火爛漫，所以貓空成為賞夜景的勝地。

貓空也有多條的登山步道，可以從山腳下的國立政治大學一直爬到山頂，週末假日便有許多人到此健行。貓空早年產茶，鐵觀音為此處特色茶種。此區開設了許多茶莊，以觀光休閒為導向，將傳統茶藝結合餐飲，不但可以喝到好茶也能吃到好菜，加上可以瞭望整個台北的風景，受市民歡迎的休閒去處。貓空附近的指南宮，為台北著名道教廟宇，每逢節慶便湧入大量人潮，祈求平安順利。

我的原鄉

從小看到本村的大宗祠大門有一對聯「支分深滬源流遠，派衍碧山世澤長」，當時並不為意，直到近年來參與宗親事務，從老一輩鄉親傳說，以及求證這則對聯的涵義，確定我們來自晉江深滬的子民，因為國共分治而斷絕五十多年之久，如今兩岸交流互訪，重新架起友誼的橋樑。

民國八十五年適逢原鄉滬江宗祠奠安，碧山鄉親曾派代表團前往謁祖慶賀，第一次破冰之旅。九十七年碧山宗親組團參加迎祖活動，以及同年秋滬江宗親組團前來金門謁祖交流，雙方重啟文化交流，由於血脈相承，血濃於水，表露親切的情誼。我因參與宗族文化事務，多次偕同周儀揚會長探訪深滬，受到宗親們熱誠的款待，如同回到自己的家鄉。

我們參訪過後山社區中心，內部規劃周全，面臨深滬灣，位置適中，也是行政中心。港口內停泊數百艘漁船，這些大多屬於遠洋漁船，近年來漁貨量增加，鄉親獲利可觀。在宗親們介紹下，大略瞭解深滬發展概況，雖然地勢高低甚大，隨著山勢逐漸升高，有「萬人煙」之稱。我們特地往壁山峰參觀，沿途見到古老建築及石階，蘊含歷史悠久的古文化，這裏以陳姓和蔡姓居多。

歷史上說的古泉州港，是泉州地區「三灣十二支港」合成的集群海港的總稱。古深滬灣介於泉州港北港與南港之間，有祥芝、永寧、深滬、福全四個支港，是泉州港通往海外的必經之路，也是中國東南沿海海防的軍事要地。深滬港在深滬灣的中心，是重要的漁、商的港口。明洪武二十年任命江夏侯周德興到福建沿海福、興、漳、泉四府經略海防，築城十六處，置巡司四十五所。港邊巡檢移置晉江市深滬，改稱深滬巡檢司。

深滬港位於深滬灣的中心，北與永寧港隔海相望，歷來為商漁之鄉。深滬人天生就是海的子民，他們來自大海，親近大海，熱愛大海。深滬人傳統孕育的海洋文化，擁有現代化漁港、萬噸級碼頭、深滬灣旅遊景區，漁船數量也從當初的二三十艘，發展到現在將近四百艘。漁業蒸蒸日上，岸上的商機，做起了水產加工，獲取更高的效益。此外這裏也是中國內衣名鎮，全球的每個角落都與深滬息息相關。近來發現深滬海底古森林，已成為國家級海底古森林遺跡自然保護區。

深滬是晉江東南沿海一個半島，其地形地貌像一隻臥地雄獅，有「倚海金獅」美譽，又有深滬是「獅穴」一說。鎮內發現多尊風獅爺，均用花崗石或青斗石雕成，有站立、蹲座、躺臥等形象，一樣具有鎮風制煞功用，成為信奉的守護神。

深滬早年許多居民遠渡南洋謀生，事業有成返鄉建業，回饋桑梓，與金門有諸多相似之處。幾次尋根之旅，發現祖先的發源地原來是個豐富的人文資源，值得利用時間再加以探索，近年來由蔡榮錠會長主持的深滬歷史民俗研究會，出版深滬灣刊物，引領深滬人瞭解其歷史淵源，更應珍惜歷史文物的可貴。

求學之路

三、四〇年代以前出生的金門人，受到戰火的摧殘，求學之路坎坷不平，有的因此而輟學。到了五〇年代的我，受到國民義務教育實施的恩賜，政府推動一村一校的政策，受教育的孩子已普及全島各地，掃除過去文盲的社會。

八二三炮戰過後的第二年進入國小一年級，那時在村裡的睿友學校附設分班，設備簡陋；國小三年級起設立三山國校，以睿友學校為校址；升上四年級時才與光前國校歸併為安瀾國校，回憶國小六年的時光裡，在漂泊不定中度過。

小學階段政府提供學生免費早餐，每天早上上學後就喝牛奶及美軍顧問團供應的奶油塗麵包，當時因為幾乎家家戶戶都很窮，所以在學校享受免費早餐，成為學生日後甜美的回憶。營養午餐由政府補助學生在學校使用，當時因為有些學校學區較為遼闊，學生中午放學後，往返一趟不便，政府為體恤學生困境，特別在經濟極為困難的情況之下，撥專款補助學童使用午餐，使學生及家長、教師均蒙其利。

記得六年級畢業前要參加會考，每位學生必須通過會考，才可以進入國中。全班同學特別住進學校的防空洞裡，晚間加強課業輔導，深怕無法進入國中，因此同學們格外用功。特地借用那時最亮的煤氣燈，作為照明工具，當年擔任班長，每天晚上負責點燃煤氣燈，至今成了一段難得的回憶。

五十四年完成國小學業，直升第一屆普設的國民義務教育階段，即為今日的金沙國中。第一年正逢建校完成，環境從頭開始美化，每週參與勞動服務，整理校園，度過困苦的日子，感受最深。在敬愛的王應通導師教導下，諄諄教誨，歷經三年的時光，全班順利考取金門高中。我們這一班的成績是最亮麗的，榜首落在本校，締造創校光榮的紀錄。

五十七年進入金門高中就讀，由於交通不便，於是成了長期住校生，生活起居如軍中生活，早晚參加點名，早晨也要檢查內務，晚上參加晚自習，生活作息十分規律。三年來像軍旅生活般度過，雖然當時教官嚴格，回想起來真正要感謝他們的鞭策，型塑良好的人格特質，奠定往後成功的基礎。在文組順利讀完高中三年，那時候雖然考取私立大學，家境困難也無法就讀，後來赴台參加師專考試，榮幸考取台南師專特師科，因此有緣踏入教育界服務。

高中畢業的那一年，正逢偏遠地區缺乏國小師資，全台半數以上師範學校招收特別師範科學生，預備分發偏遠學校服務，幸運考取台南師範學校就讀，一年的日子很快就過去，果然被分發到澎湖離島服務，從此踏進教育界。

當年初次離家，來到陌生的台灣，暗地摸索，就近住學校宿舍，住宿膳食免費，當時開了兩個班，其中一班是澎湖來的學生，來自金門有十一位同學，因此能夠相互照料。在望安國小服務了兩年，探討當地民情風俗，大多源自金門，生活習慣、言語溝通十分相近，彼此沒有隔閡，在離島的生活非常枯燥乏味，只有去適應它。平日只有看看書籍，瀏覽報章雜誌，以及觀賞電視節目。

澎湖服務兩年後調至台南服務一年，輾轉調回家鄉金門執教，於烈嶼上岐國小任教兩年，期間利用寒暑假返回台南師專進修專科班，歷時三年。八十年起國立台北師院在金門設置學士班，連續上四個暑期的課程，完成大學學業。在八十九年完成師院國教研究所四十學分班學業。再經過十年進修台北教育大學教育系碩士班，感恩國立台北教育大學開設金門分班就讀，才有機會進修研究所，免於奔波台金兩地的辛勞。

走過漫長的求學之路，在擔任教職期間，以在職進修方式完成三階段學業，為期三十餘年，教學相長，活到老學到老的精神，才能適應教育環境的變遷。

憶母親

我的母親人稱「蟬姊仔」，在同宗叔嬸中排行最大，似閩南語稱「善姊仔」，正是名符其實的大好人。記憶中她不曾與鄰居發生爭執。平日樂於助人，凡事必率先去做，無怨無悔，至今仍得到親朋好友的讚美。她為了這個家的生計，不停的工作，挨餓受凍都忍下來，以致晚年罹患貧血，引發氣喘病，終致病逝。那年我正投考台南師專，因交通無法返鄉送終，如今深深感到遺憾。

母親與嬸母是祖母的童養媳，從小出生於後水頭，是明朝品德完人黃偉的後代，六歲時被祖母收養，與嬸母相依為命，成了好姊妹。早年生活貧苦，生計困難，父親是家裡唯一的男丁，跟隨祖父至印尼工作，因不適應當地環境而返回，回來以後也無工作，正好村裡蓋陳清吉洋樓，便當了小工。後來經祖母的撮合與母親成親，才有我們這一群子女。平日忙於農事，甚至到海邊採一些海螺、海產當作佳餚，返家又要做家事，三餐難得有一頓溫飽，種下後來體弱多病的原因。

我們家世代務農，她除了忙於打點家務事，平時跟隨父親上山下海，在那乾旱的田裡，種植花生、番藷、高粱、玉米等作物；回家以後趕著燒飯作菜，並要餵食幾頭豬隻，這是家裡儲蓄生財的法門，無時無刻工作著。小時候跟隨母親下田，她教導種花生的技巧，如何扦插番薯入土，怎樣施肥除草的方法，這些種田的技巧至今永遠忘不了。

每逢大潮跟著她到海邊採集貝類或海苔，學習從石縫中採取虎螺，翻開石頭撿拾珠螺，怎樣剖開牡蠣的外殼，認識海水漲潮與退潮的時刻，留意岩石上的青苔，學到許多採收的技巧。每當籃子裝滿了海鮮品，用那雙肩從老遠的海邊挑回家，大多過了午後，無懼艷陽曝曬，此時已經又飢又渴。有時在海邊沙丘上摘取待宵花、馬鞍藤等野菜作為養豬隻的飼料，回來以後用柴火燒煮豬隻的飼料，每天早出晚歸，從沒有聽到埋怨的話。

早年生活貧苦，衛生條件差，據說最大的哥哥生出來又白又胖，在出生四個月就夭折，對母親打擊很大，往後在困苦中生育四男三女，賣力為我們陳家傳宗接代，善盡孝道責任，含辛茹苦的把我們撫養長大。她雖然不識字，沒有讀過書，可是懂得倫理道德，用傳統禮儀教養我們，希望孩子長大出人頭地。那一年我考取了台南師專，沾沾自喜，到處跟親友報佳音，高興看到孩子有成就而心滿意足。

母親從小最疼我，家兄皆因窮苦而輟學，我在男孩中排行老么，因此才有機會繼續升學，才有今天的我。小時候的教育是嚴格的，偶有犯錯也得吃「竹甲魚」的滋味，通常拿著一束細竹當教鞭。她賞罰分明，有時候孩子與鄰居糾紛，總是先懲罰自己的孩子不對，解決彼此的爭執。

讓我印象最深刻的是看到她拖著疲憊的身子，喘吁吁的在田裡工作，也不肯休息，讓我們做子女如椎心之痛，一定要工作到無法動彈為止。最後不得已才住進醫院靜養，找不出什麼病因，出現呼吸困難，身體虛脫以致跌倒撞擊而過世，結束這勞碌的人生。

每當憶起這段往事，都會暗自哭泣，沒能讓孩子報答養育之恩，總是有子欲養而親不在的遺憾，無緣享受晚年天倫之樂。母親，您真偉大！我們永遠懷念您！

健康快樂行

十一月中旬應教育處推派參與各級教育行政主管衛生業務研討會，在台南市走馬瀨農場舉行，這是攸關全國學童健康的會議，包含保健項目很多，在推動十年的健康促進學校計畫，有顯著改善校園的健康環境。

全國各校推動的議題包括視力保健、口腔衛生、健康體位、正確用藥、菸害防制、性教育、檳榔防制，新增加全民健保議題，由於近來國人浪費健保資源，用藥氾濫，不但浪費資源，造成身體負荷，因此從小必須建立正確觀念。從數據看到學校進步，仍有視力方面普遍未見改善，受到環境因素，長時間近距離工作、戶外活動不足，有待學校加強教育。

歷經兩天的研討會中，國教署報告衛生業務，針對近日食用油問題、校園午餐安全、健康促進教育宣導、傳染疾病防治等。安排專家學者作視力、口腔專題演講，了解目前存在的問題與防治之道。從演講中獲得許多新資訊，有利於校園宣導，獲益非淺。主辦單位安排在這清靜的農場，讓終年投身衛生教育工作者舒緩一下疲憊的身心，拋開煩瑣的業務，享受一下田野風光。

人生在世多想追求健康，難而在生命的旅程中，往往不如人意，早年物質匱乏，衛生條件差，只求填飽肚子，哪敢奢求身體保健，當時的人即使再窮困也要勇於面對，突破困境。今日生活富裕，飲食過剩，文明病接踵而來，國人歷經多氯聯苯、塑化劑、農藥、假油等食物安全問題，商人缺乏道德心，危害全民健康。

為打造健康的人生，從身心靈修練開始，身體的健康重視飲食運動，適度運動，攝取均衡的營養；心靈上保持清心寡欲，知足常樂，永保愉快的心情。建立美滿的家庭是根本之道，父慈子孝，兄友弟恭，崇尚倫理道德，才能維繫社會和諧。健康是富人的幸福，窮人的財富，失去健康則一切免談。

本縣以「打造快樂城市，開創幸福島嶼」為目標邁進，重視全民運動習慣，成為全國最幸福的城市。國民教育從小落實紮根，建立健康觀念，願大家攜手朝向健康快樂行！

回顧過去展望未來

本會自九十三年成立至今，已經度過十年的歲月，從創會黃奕展理事長籌劃下，結合有志人士共同發起，其宗旨為保存宗族文化，協助整理編印各姓族譜及金門歷代先賢人物事蹟；調查研究金門現存各姓古墓；調查研究金門宗祠的祭祖儀式等活動。

這些年來先後協助英坑、西園、上林、古區、陽翟、西洪、金門城、西方、後山、賢聚等姓氏修譜；分別在文化局、金沙鎮公所、台南市、三重市、中和、高雄、澎湖等地辦理族譜展。曾經參加歷屆世界金門日族譜展覽，遠至沙勞越、新加坡等地拜訪僑胞，提供鄉親溯祖尋根服務；多次與廈門姓氏源流研究會、晉江譜牒研究會交流互訪，雙方舉行宗族文化研討會。

這些年來先後協助編撰《金門古典文獻探索》、《金門各姓氏族譜類纂》及《金門縣方言志》等文史書籍，每年出版期刊一本，與各界人士交流分享，來自世界各地的作者，無私奉獻稿件，讓每一期按時發行。

目前遭遇到困境是舊有譜牒家乘，視為家族秘珍，鮮少對外示人，昔日因為印刷工本不貲，將譜牒開版雕印者極少，以致複本傳抄有限，因此見者極少，自然運用於研究者，也就相當有限了。各姓氏宗族譜牒複本極為稀罕，見者有限，自然不易流通與研究。

金門與閩南沿海各地一樣，是「戰地」也是「僑鄉」，各氏譜牒散佚情況相當的嚴重，也使得譜牒資料不易見及，亦是造成流通使用不易的原因之一。

不過面對這些文化的瑰寶，從前乃至今日的努力仍然有限，未來可以為研究金門鄉土文化者之藉處甚多，舉凡對重大史事的釐清，氏族交誼婚配的情況，民俗祭儀的採擷，文學詩作的研究，生態地理的變化，族群性格的演變，移民遷徙的路線等，譜牒皆是研究的重要材料。

今後可以著力之處甚多，如譜牒資料庫的建置、研究人才的擴大與交流、譜牒資料基礎工具書的編纂、譜牒研究成果發表園地的整建、有計劃預擬研究專題等。

回顧過去，檢視我們以往推動的成果，仍然有許多不足之處，期盼今後持續努力，為金門宗族文化資產保存盡心力。總之，我們期盼政府部門的重視，挹注推展經費，喚醒世人重視譜牒文化的價值，讓金門保有的宗族文化得以永續發展。

父親的背影

在小時候與父親的親子關係似乎極為疏離，也許是我小時候長時間居住大姊家的緣故，讓父子的互動較少，因此在我的童年記憶中難有深刻的印象。

在我懂事之後，就感覺父母之間的個性不相同，很少看到互動的機會。年輕時的父親遠赴南洋謀生，因故又折返家鄉從事農耕工作，聽嬸嬸說，他自印尼回來，孤獨一人，是家中唯一的男丁，在祖母的安排下，才與童養媳成婚，才有今天的我們。

我們兄弟間自嘆不如父親那壯碩的身體，在夏天裡打著赤膊，不懼烈日曝曬，擁有一身黝黑發亮的皮膚，經常赤腳走路，肩膀可挑數百斤的重物，曾經擔任過清吉洋樓的小工，讓一般工人望塵莫及。平日木訥寡言，因為早出晚歸，上山耕種的緣故，因此很少交談互動。晚上吃飽飯就與村裡的老人泡茶聊天，是他最常有的習慣，很少閒在家中。

父親三歲時，祖父遠在南洋去世，因此失去依靠，沒有上過學校的他，生活極為單純，教養孩子的工作落在母親身上。早年生活困苦，父親為養活全家大小，每天早出晚歸忙於農事，種些五穀雜糧餬口，產量有限，一方面靠飼養豬隻來儲蓄金錢，摘取野菜餵豬是每天必做的工作，到後山叢林撿拾柴火燒煮豬飼料，我們兄弟跟著一起去做，每人都挑一擔柴火回來，是經常做的工作。

本村靠海的緣故，下海牽罟是常有的活動，每逢下午退潮時，召集鄰居鄉親一同到海濱去，抬著一件魚網到海邊，脫下上衣，只穿著短褲，延著海邊前進，大約到脖子的水深，涉水拉著漁網向前，所經過之處，大小魚兒都進入網袋，等待有所收穫就拉上岸，取出網袋內的魚貨。父親身手矯健，總是在前頭引領，有時候捕到整群的囡仔魚，滿心歡喜，裝滿了籃子，滿載而歸。

早年種植農作物大多挑家門口糞坑內的粗水，那是豬糞、牛糞、人糞收集起來的，經過時間的發酵，才不至於惡臭難聞。農耕時，每天挑個幾十回合是常事，將糞潑灑於農地或直接澆灌在作物旁，那是真正的天然肥料。這項工作大多是父親一人獨挑，來回不知多少次，為的是今年有好收成，讓孩子免於挨餓。

父親也能做一手好菜，風味獨特，逢年過節時會露兩手，讓家人品嘗美食。長年工作的緣故，腸胃出現毛病，常見他服用強胃散，從來沒看過病，身體一直很健朗。直到晚年，胃口逐漸厭食，肝臟方面出現問題，身體開始惡化，最後腹部腫脹而過世，那時我才十五歲。在五〇年代醫療缺乏，至今仍不知罹患了什麼病。

父親的一生默默為這個家付出，晚年沒能享清福，就這樣走了，至今每憶起他的時候，腦海中忘不了那黝黑發亮的背影，似乎仍然默默的工作著，令我難以忘懷。

冬日

一年四季不停的更迭，季節變化的根本原因是地球的自轉軸與其公轉軌道平面不垂直而形成。中國人認為四季有不同的特性，分別是「春耕」、「夏耘」、「秋收」和「冬藏」。四季氣候變化十分規律，隨季節產生冷暖不同。

自立冬開始，氣溫開始驟變，候鳥最為敏感，栗喉蜂虎往南飛，不見其蹤影了；鸕鶿成群結伴來到金門過冬，蔚為奇觀；楓葉、烏臼染成紅衣裳了，耐不住寒冬的林木紛紛變黃落葉，蛻去青翠的外衣。但老榕樹依然在風中搖曳著，無懼寒風肆虐，似林中的守護神。

冬天雖是百花凋零，寒氣逼人的季節，但它給我們帶來的卻是另一番情趣，信步走進校園，會發現在春天十分嫵媚的桃樹，現在已不復存在，只剩下一枝光禿禿的枝幹，校園角落的小草，也沒了昔日的神采；兩排蒲葵，雖沒有春天的蔥郁，但依舊還是那樣挺拔，那樣高大，完全沒有受到寒冬的影響，依然昂著頭，挺著胸，屹立在風雪之中，它的葉子彷彿更加翠綠了；爆仗花也在隆冬時節吐露出它一串串橘紅的花朵，散發著清香；涼亭上爬滿了一朵朵棗紅色的九重葛，彌補了冬季百花絕跡的空缺，讓校園充滿活潑的氣息。

在溫帶地域裡，不曾如唐朝柳宗元在〈江雪〉詩中的意境，「千山鳥飛絕，萬徑人蹤滅」的體會，如此的「絕」句，也只有在深冬大雪紛飛，感到天地歲月如此荒寒無極時，才能領略到。

童年的記憶裡，在凜冽的冬天，刮起北風發出尖利的呼呼哨聲，那個時代缺乏禦寒冬衣，總是冷得顫抖，鼻水直流，皮膚乾裂，手腳生凍瘡是必然的結果。今日受到氣候變遷的影響，冬天已不見寒凍刺骨，暖和多了，加上防寒衣物齊全，今非昔比。

多年來有早起的習慣，即使在寒風怒吼下，依然打起精神來，只要稍作運動就暖身了，寒意全消，整天下來精力充沛。長久以來，冬天對我來說反而習慣，每天少流汗，比起夏天舒服多了，我喜歡冬日乾爽的氣候，享受那溫煦的太陽。

艷紫荊

在寒冬的校園內，受到狂風的摧殘，成排的艷紫荊落了一地紫色的花朵，形成了一片花海，蔚成校園裡特有的景象。

這列艷紫荊是三年前申請林務所綠美化的成果，這三年的綠化工作連續幸運獲得首獎，學校獲得獎金再全數投入買植栽，師生一起來種樹，種植面積增大，數種增多，後山逐漸變成植物生態教材園地。

從資料得知此花又稱香港櫻花，葉似馬蹄形，花朵為艷紫色，花期長，花開自冬季至早春，花姿似嘉德麗亞蘭。枝葉生長快，適合旱地栽種，後山土壤正好適合栽培，同期栽種十五株全部長成大樹，綠意盎然，常綠喬木，葉子終年不落，象徵一片欣欣向榮。

在寒冬裡，許多花木枯萎之際，喬木類花卉普遍凋零的時候，它以盛裝和笑臉迎人，這排艷紫荊正好鄰近新建運動場，成了孩子們休憩和觀賞的林木。

學校為了響應政府節能減碳政策，每年舉辦師生一人一樹運動，多年來成效良好，讓孩童認識植物對自然界的貢獻，造林植樹的好處很多，將種樹的感想寫成文章，投稿在報紙上；在自然課探討植樹減碳的功效，融入實際教學現場，從小身體力行，對減碳盡一份心力，建立節能減碳的觀念。

朝會時向全校師生介紹艷紫荊的生態，除了觀賞外，也是綠繡眼穿梭嬉戲的園地，成群的鳥吱喳地嚷著，讓孩童領略到生活不只是讀書寫字，多觀察周遭生態的變化，學習它在寒冬中堅忍不拔的精神。

現在孩子缺乏實際體驗活動，許多知識都來自書本，沒有經過體驗就缺少內心的感動，更不易悟出其中道理。因此學校不斷的栽種多樣性的植物，供為教學需求，希望孩子透過細微的觀察，獨立探索生物的奧秘，培養科學的素養，才不負學校經營的苦心。

高雄行

在新一年的第二天，全家為祝賀寶貝孫女周歲，一行五人搭機來到高雄，與大兒子一家人見面，難得全家藉此機會團圓，享受一下天倫之樂。

來高雄的幾天，趁著假期走出戶外，暢遊左營新光三越百貨公司，大多在外享用美食，並在就近的餐飲街用餐，嶄新的裝潢加上親切的服務，讓大家備感溫馨，盡情享受在地的風味餐。有日本料理、西式牛排、咖啡簡餐、中式家常菜等，應有盡有，隨顧客喜愛選擇。我們選擇一家牛排館，各自點選自己喜歡的套餐，盡情享用，三個小孫女也不亦樂乎，吃得津津有味。

我們住在大兒子剛買的新房，是左營舊眷村改建的「浪琴嶼」，有七百多戶人家。口字型的中庭，內設游泳池、涼亭、小橋、魚池，栽種了蒲葵、椰子樹、緬梔、梔子花、變葉木等多種植栽，讓園裡充滿欣欣向榮的氣息。在寬闊的廊道排有沙發，人們可以悠閒的坐著聊天。

清晨是我最愛散步運動的時間，當大家仍在熟睡之時，我悄悄下樓運動，在庭院中活動者寥寥無幾，邊走邊認識庭中的花木；池裡的錦鯉優游著，張開大嘴向遊客打招呼。

到街上買早點，排滿人群，生意特別好，傳統的燒餅油條豆漿任你挑選，順手至超商買份報紙，悠閒地在廊道看著報，邊吃早點，難得有此休閒的周末假期，享受一下。看到一則音樂大師李泰祥逝世的消息，他是本土音樂家，創作多首名歌曲，捧紅多位女歌手，編寫的校園民歌至今傳唱著；為雲門舞集寫戲曲，轟動一時，他在晚年落魄的情景，令人嘆息。

我們為滿周歲的孫女慶生，晚餐後備妥蛋糕並唱生日歌，小寶貝笑咪咪，每次從臉書看到她，總是笑臉迎人，加上打扮不同服飾，顯得格外可愛。

孩子結婚三年才獲得愛的結晶，十分呵護與疼惜，視為寶貝心肝，在眾人的環抱下，親友們的祝福，生活在溫馨的家庭裡，幸福快樂的成長。作為爺爺奶奶的我們，看到他們和樂的家庭生活，感到無限的欣慰。

鄉情

在傳統文化保留下的金門，從幾百年前移民到一個聚落裡，在單姓村裡，建構一個大家族，宗親情誼深厚歷久不衰，保有良好的宗族文化。

每逢莊裡婚喪喜慶，全村鄉親總動員，分配各項工作，各司其職，讓活動圓滿結束。某家女兒要出嫁或娶媳婦，紛紛送嫁妝或包禮金，逢到嫁女兒，鄰居的嬸婆主動前來幫忙，張羅喜事準備的嫁妝，好趕在迎娶的前一天送到男方家，從訂婚到迎娶，害怕嫁女兒失人家的禮，備好的服飾、衣物、寢具、嫁妝等，形同是自己在辦喜事。

每年寺廟神明慶典，全村居民依照輪值當頭家，抽籤分配慶典工作，神明遶境時，老少全體出動，有抬神輦、掌旗、打鑼鼓、放鞭炮。整個慶典熱鬧滾滾，參與者不分彼此，全力以赴，展現聚落團結的力量。

聚落內的長輩往生更是看出宗親的團結，從入殮至出殯，瑣碎的事更多，擇日、勘驗、掘墳墓、顧請道士、訃告親友、告別式都得預先籌劃好，目前有些由殯葬業包辦處理，唯獨鄉下宗親仍然發揮宗族合作的精神，至今仍然保持著。

每年清明及冬至兩個民俗節日，旅外鄉親紛紛返鄉祭祖活動，在長老們主持下舉行祭祖儀式，並在宗祠舉行聚餐活動，連絡宗族內鄉親情誼，族人長幼有序，不分年齡大小，必須依照昭穆排行稱呼。

聚落內的長老主持調解鄉親之間的糾紛，每逢村內發生重大衝突，立即召開族人會議，排解事端，讓事件圓滿落幕，因此長老受到大家的擁戴，主持分配各項工作，族人遵從配合，展現和諧溫馨的氛圍。

隨著時代變遷，鄉情不如以往濃厚，互助精神始終不渝，鄉親之間感情仍然維繫著。從祖先移民開墾至今，這樣的文化存在有六百多年了，聚落內的宗祠成為宗族文化維繫的中心，傳統的習俗規範綿延不斷，代代相傳。

我還是喜歡這樣的文化，尤其在今日人情疏遠，這股永遠不變的鄉情長留在我心中，期望世代相傳不息。

同安謁祖

在對岸同安宗親的邀請下，碧山宗親一行三十人組團前往謁祖，慶賀其宗祠落成奠安慶典。

小光山宗親係六世祖文燦公於明朝年間遷居，由於兩岸對峙五十餘年，六年前始組團到本宗祠認祖，並帶了一本族譜，查閱後確認是同宗族裔傳子孫。正逢其新建宗祠落成奠安慶典，特地邀請我們組團祝賀，在理事長陳昆齊宗長領隊下，於奠安當天抵達，受到宗親熱烈歡迎。

大陸各地陳氏宗親祝賀團紛紛到來，讓會場熱絡起來，逐一安排祭祖儀式，首先我與本宗長老以陪祭身分行三獻禮，之後由本宗致祭，並獻匾額，紅底金字加花邊，刻上「源遠流長」四字，格外亮麗；接著敬獻爐金，儀式簡單隆重。

宗祠奠安是宗族內的大事，一個人在其一生中只遇到一次的機會，嫁出去的女兒都回娘家祭拜，出外的族親返鄉參加慶典，各家戶先準備一筆經費好宴請親朋好友，其目的為聯絡宗誼，祈求世代綿遠。

大會在宴請賓客前，舉行一項聯誼活動，首先里長致歡迎詞，再由籌備會會長說明肇建的過程，我也受邀上台致詞，恭喜新宗祠在群策群力下，完成重建工程，表達誠摯祝賀之意。

中午歡宴時，與深滬宗親同桌，多年來的交流，更顯得親切，因此話題較多，特別邀請我們參加元宵節聚餐的活動。我連續參加兩年，正逢過年返鄉，長年在外捕魚返家團聚，聚餐人數大約三千人，十分熱鬧。

今天辦理的筵席大多使用生鮮的海產，精緻的料理方式，計有十六道菜，讓賓主盡歡，打破對鄉下古老的思維，如今飲食衛生已大幅改善。

這裡靠採石礦業維生，周邊的高山被削掉一大塊，影響自然景觀，村內塵土飛揚，空氣品質差，也是環境生態與經濟發展兩難的問題。雖地處偏遠，房舍建築則新穎，而傳統建築不多見。

餐會後，村內長老一一向賓客致意，一再表示招待欠周到而致歉。我們一行向宗親道別，互道來日多聯誼，結束今天的活動，一行轉往同安后河宮，參拜田府元帥。

早起

早起是我長久來的習慣，不知從何時開始，每天清晨醒來，整裝待發，先來個柔軟操，舒展一下筋骨，開始一天的活動。

多年來，我一直重視規律的生活，十幾年來為了爬山而早起，趕在七點前到校上班；近年來以騎自行車到滎湖，參加慈德宮早覺會泡茶聊天，若是有一天沒去，感覺十分不舒服。

一年四季不論颳風下雨從未停止，爬山成了我每天必須運動的項目，行之有年，記得剛開始爬的時候，是朋友相約而行，如今能夠持續下來的人不多，這是考驗一個人的恆心與毅力，這也因此改變了我身體多年來的毛病，讓我活得更有信心和活力。

自從遷居到靠太武山旁，由於鄰近的關係，每天清晨五點鐘便從家裡步行而上，來回大約一個小時的時間，冬天時不論天色灰暗仍然摸黑上山，多麼寒冷的天氣從不間斷。每回走到海印寺，必先向眾菩薩行個拱手禮，活動一下筋骨，然後再下山。剛開始爬有點不習慣，尤其在冬天裡，正當在棉被窩裡暖和著，外面吹著冷颼颼的寒風，正是考驗毅力的時候，必須突破難關，戰勝自己的敵人，才能持續下去。每天做同樣一件無聊的事，在別人的眼裡實在太乏味了。

天還沒亮騎著自行車，沿著高陽路走，路燈照亮路面，迎面吹拂的涼風，十分舒服。轉進斗門的農田，一大片的作物，冬天到春天種植小麥，夏天到秋天看見綠油油的高粱，見證了播種、除草、施肥、殺蟲、收割的歷程。從小見過的小雲雀在這兒現蹤，在高空中盤旋，吱吱的叫著，似乎在喚醒其牠的朋友起床。

多年來養成了習慣，每天早上到了那個時刻總會自然醒過來，不想再賴床。每當走完下來，必定滿頭大汗，沖完了澡全身舒暢，活力十足，準備迎接今天的工作。低溫下的冬天裡，驅除你的寒意，溫暖了全身，我總是跟朋友說，運動是最廉價的保養品，自己要親身體驗它的功效，這些年來讓我保持充沛的體力，遠離病魔纏身，節省了不少的醫藥費用，是健康的泉源。

早起的好處很多，大腦最清醒的時刻，檢視一下今天的工作計畫是否完備；利用這段空檔時間，處理一些未完成的事；慢慢享用一頓營養的早餐，不用匆忙趕著上班。

現今的社會由於生活富裕，外界的聲色場所誘惑，生活作息不正常，夜貓族的生活十分普遍，因此早起不容易，更談不上養成運動的習慣，年輕的一輩更是寥寥無幾。為了自己的健康，促進家庭親子關係，養成良好的運動習慣，讓你發現更多自然之美，感觸生命更美好。

過新年

每逢迎接新年的到來，驚覺又添了一歲，一年又一年，如今超過一甲子的歲月，即將邁入老年時代了。

回想小時候過年，高興能夠領到大人給的壓歲錢，穿新衣新鞋，吃一頓豐盛的團圓飯，歡喜過新年。如今身為人父，領悟到小孩子喜愛過年，大人煩惱過新年。在過年前先掃除家裡內外，整理屋內雜物，澈底清洗地板牆壁，有些陳年的器具，丟掉捨不得，不丟又占滿空間，藏汙納垢，是蟑螂老鼠活動的地方，正是清理的好時機，讓居家環境改觀，除舊布新迎接新年。

今日生活充裕，街上推出琳瑯滿目的貨品，採購的年菜多樣化，應有盡有，買好糯米白糖蒸年糕，在傳統爐灶蒸煮；除夕前製作豆渣圓，利用黃豆渣、地瓜粉、蘿蔔、碎肉、調味料攪拌一團團，經過蒸熟，香氣四溢。一般鄉下家庭在除夕當天忙碌燉煮食物，備好豐盛的祭品，完成一道道特色菜餚，以備祭拜祖先。

家家戶戶忙著貼春聯，裝飾一下門面，晚上闔家吃團圓飯，全家和樂享用一年來最精緻的佳餚。接著分發紅包，發給每位孩子，小孩子向長輩拜年，恭喜聲不斷，說了一段吉祥的話，孩子也回送父母紅包，充滿溫馨的畫面。

這些年來，每逢正月初一都會參加金湖鎮公所踩街表演活動，參加跳鼓陣的小朋友穿著亮麗的衣服參與表演，吸引在場觀眾的注目，響亮的鑼鼓聲，加上隊形變化，讓新市里的籃球場爆滿人群，增添新年的熱鬧氣氛。過去戰地政務期間，軍民同甘共苦，每逢年節舉辦遊藝表演活動，而今年節氣氛一年不如一年，明顯淡化了。

金門人旅居台灣人數多，春節返鄉過年輸運問題是項考驗，這些離家的遊子雖然受舟車勞累之苦，希望趁著春節假期和家人團圓，與親友相聚，以解思鄉之苦。

代表一年全新開始的春節，每個人莫不歡欣鼓舞迎接它，希望在未來的一年裡，任何事情都能順利如意，因此在春節期間祈求新年如意的活動，在寺廟抽出預卜各行各業好或壞的籤，對新年寄予充滿期待美好的開始。

拜科技資訊之賜，從電腦視訊、手機、臉書、ＬＩＮＥ收到友人祝福新年的話語，讓信息急速傳遞，拉近人與人之間的距離，加速世界形成地球村的理想。

走過高陽路

上下班是擔任公職的固定作息時間，多年來總是匆忙來來去去，只管把車子開到目的地，很少注意到周邊的變化。直到最近才驚覺美好的景觀怎麼不懂得欣賞呢。

從很多訪友口中讚賞金門的美麗，以羨慕的口吻道出金門人的幸福，這是金門人擁有的美德，大家共同努力的成果。六十多年來軍民共同造林，奠定了綠化金門的基礎。從早年種植防風作用的木麻黃到今日多樣性的植栽，讓各地呈現一片綠意盎然的景象，展現不同的風貌。

正值寒冬，每天必經的高陽路，幾年前林務所兩旁栽種的烏臼，從秋冬起逐漸由綠轉紅，筆直的道路，在日落時的晚霞搭配兩行紅色的樹林，構成一幅美麗的畫面。初春時節，兩排樹葉都掉落，光禿禿的樹枝，在寒風中顯得十分枯寂，幸好有一片翠綠的小麥陪伴，不致孤獨無依。

每當下班經過，總是會將車減速慢行，欣賞這樣的美景。沿途看到一片綠油油的麥田，偶而看到一兩頭牛在田埂吃草，遠處的太武山相輝映，一幅原始的田園風光，這裡可稱是全島最美的地方。
從太武山腳下源頭流下來的斗門溪，經斗門村到達沙美，經過整治美化後，溪中生態維護甚佳，水生植物豐富，成群的水鳥飛翔，增添了自然美。兩旁的農田經重劃後，整齊的田地，春夏種植高粱，秋冬種植小麥，讓田野終年保持綠油油的景象。
每當季節變化，烏臼也隨著改變造型，春天到了，發出嫩芽再長出心狀的綠葉；夏天來臨，開花結成圓形的果實，成了鳥兒的糧食；接著秋天來到，葉子由綠轉黃，開始凋謝；寒冬降臨，葉子變紅後在凋零。隨四季時序作有規律的改變，感受天地間時空的轉變。
每次帶著疲憊的身子返家，經過這段高陽路時，映入眼簾的美景，忘卻一天的工作辛勞，舒緩一天來的壓力。

深滬行

春節前參加同安小光山宗祠奠安時，受到深滬宗親的邀請，沿襲往例在元宵節當天祭祖，請碧山宗親組團參加祭祖活動，因此答應他們的邀請，約有二十位宗親同行。

這些年來，因原鄉是深滬的緣故，幾次重要的活動都前往參與，最早是該宗祠落成奠安慶典，其次是宗祠祭祖巡安活動，到最近始祖陵墓遷建落成，特別組團謁祖，因此雙方交流頻繁，彼此之間有一種特殊的情感。

早年兩岸因國共紛爭而分隔五十餘年，近年來相互往來，來自同一祖先的血緣關係，雖然口音有所差異，但關係如同兄弟，每次到訪都受到熱烈的歡迎。

這次已是第三年參加元宵節祭祖，我們一行搭乘新金龍輪直達五通碼頭，上岸後搭上租好的遊覽車，直接抵達深滬，受到宗親們熱情的歡迎。首先到宗祠祭祖，敬獻敬爐金，大家都以最虔誠的心向列祖列宗致祭，簡單隆重完成祭禮儀式。

正好遇到同安小光山宗親也前來祭祖，其老會長特別等候與我見面，讓我深感窩心，看出宗親們對我們的到訪極為重視。深滬宗親前後任會長及數位長老，見了面直接喊我的名字，並露出親切和藹的笑容，互相寒暄。在茶敘中，談到兩岸近來發展的關係，交流互訪的情形；從宗長口中了解宗親在遠洋漁業發展的盛況，深滬港擁有優良的地理環境，自古以來以漁業為生，也是造成人口密集的原因。但近年來年輕人往外發展，漁撈人口遞減。

當晚是聚餐的時刻，在金門俗稱為「食頭」，這裡的方式大不相同，開放全家一起來參加，每桌登記需繳交三百元，不足由宗親會支付，席開三百桌。本宗族則是每丁一生做東三次，即新丁、新婚、老頭，限定男丁才可以參加，遇到祭祖時不必繳費。

如此盛大的餐會必須分為幾個場地才能容納下三千多人，餐會中並穿插摸彩活動，共有四百份獎品，以電腦隨機抽取兌獎，餐會前特別介紹來自金門的宗親，主持人特地把我的來歷及雙方互動的情形向與會宗親報告，並邀請我上台致詞，惟因時間有限余謹以祝賀新春吉祥話向大家拜年，並以誠摯的心邀請深滬宗親來金門交流參訪，連絡雙方情誼。

餐會享以白酒，會中主客相互敬酒，氣氛十分熱絡。豐盛的菜餚全為當地現撈的新鮮海產上桌，最有名的是當地的魚丸，口感極佳，讓大家品嘗道地海鮮。餐會結束，大家依依不捨，互道明年再見，搭乘原車回到廈門。

此行多位未曾到過深滬的宗親，言談中格外興奮，這幾年來每次召集族人參加，總是立即成團，彼此間已有共識，鄉親認為祭祖是件大事，一方面追溯祖先發源地，一方面探索當地民情風俗，的確不虛此行。

近年來參與宗族文化事務，看到兩岸同胞為了尋根而奔波，早年因戰亂及國共戰爭而遷徙，到了晚年想落葉歸根，亟欲尋找其祖籍地，協助完成其心願，實現多年尋根的宿願。

散步的情趣

現代人們的生活總是緊張又忙碌，偶而站在高處往下看，街道車輛不停的穿梭，人來人往，人人邁開腳步，急忙趕著路，這樣的場景每天都在上演。

平日按時上班，下班或假日仍然有許多應酬，參加進修研習活動，使自己持續保持緊張的狀態，很難能夠放下一切，逍遙自在地生活。現代人很少走路上班，出外盡是坐車，上班回來也疲憊不堪，至於散步的習慣不易養成。

散步的好處全在一個「散」字，散是一切放下，棄除牽掛負擔和干擾，使精神恢復寧靜和空靈。人生最苦的莫過身上背著一種未來的責任，像是有幾千斤重擔在肩上。工作上的壓力不斷擔負，使身心遭受挫折而產生病變，如果不及時紓解放鬆，恐無健康可言。

近年來有感於晚餐後，直接躺在沙發看電視，體重增加起來，肚子凸出。於是便開始習慣在住家周邊散步，發覺只要一去散步，立即恢復了寧靜和鬆弛。

每次用完晚餐，更換簡便服裝，繞著光前溪步道而行，放慢腳步悠閒的走著，沉思今日做過的工作得失，思考未來計畫的方向，此時思緒最為清晰。若與家人同行，分享今日發生的趣事；有時共同商議未來工作的重點；或利用這個機會教育孩子基本處事做人的道理。

走在夏天的黃昏裡，清風徐徐吹來，感覺更為舒暢，路旁的路燈通明，溪內蟲鳴蛙叫，像是奏起自然的交響樂，佇足欣賞一番。當我沉醉在沉思和遙想時，幾乎忘記兩隻腳在走路，悠然忘我的境界。

在清晨與黃昏，靜靜的走在海濱的沙灘裡，成群的栗喉峰虎正在沙丘上掘洞築巢，偶爾飛上樹梢停留，展示那美麗的衣裳，發出優美的嗓音；環頸鴙探首探尾遍地找尋牠的食物，成了田裡的常客，看到人來時便急速躲進樹林裡；褐翅鴉鵑常在叢林裡出沒，發出扣扣的叫聲，引人注意牠的存在。

在白白的沙灘上，望著藍藍的大海，總會遠望海的那一邊，遐想大陸人民生活的狀況是怎樣。小時候到海邊只是好玩，隨著年齡增長，每到海濱感觸時光如梭，幾十年的光陰匆匆溜走，而大海依然漲退有序，永不歇息，十分規律的運行著。踩在白白的細沙裡，迎著涼爽的海風，望著狹長的海灣，令人心曠神怡，忘卻了世間的俗事，盡情地欣賞大自然的美景。

輯二　教育隨筆

堅持理想快樂奉獻

自四月起，教育局承辦人通知四十年資深優良教師送件審查，以及敘述個人的簡介，於是備妥一切佐證資料送教育局審查，經局裡開會通過，公布今年全縣有五位國小資深優良教師接受教育部表揚。

在暑假裡抽空寫了一篇〈回首四十年〉，道出從事教育工作的歷程，並於九月初刊載於金門日報副刊；接著金門日報陳麗妤小姐為我專訪，約一千五百個字陳述我的教育工作歷程，內容寫得極為貼切；教育局裡特別安排九月二十五日為縣長召見訓勉，感佩各位獲獎的校長與教師，長年來為教育奉獻，彌足珍貴，並且致贈程儀及獎金。這一系列活動內心無比歡欣，這一生奉獻教育獲得肯定，受到各界尊重與崇敬。

教師節前夕與內人搭機前往台北，為方便準時到達集合地點，住宿於劍潭青年活動中心。清晨七時於士林捷運站出口會合再搭乘遊覽車上陽明山，抵達中山樓，側門有銘傳大學服務生列隊歡迎，引導來賓入座。中山樓位於陽明山國家公園內，這座蓋在火山口上的偉大建築是提供給國大代表開會用的，在昔日戒嚴時期，一般人根本無法窺其堂奧，在繁花盛開之際陽明山這棟氣勢磅礡的建築物總是吸引我目光的流連，濛濛細雨中緩步走進中山樓發現中山樓落成已經四十五年了，舉目望去，雲霧繚繞，一座中國古典式的建築展現在眼前。

這座樓為修澤蘭女士所設計，當時係政府為紀念國父孫中山先生百年誕辰及推行中華文化復興運動，於民國五十五年竣工，落成後主要供歷屆國民大會年會使用及國家元首接待中外貴賓之重要場地，中山樓展現中國明清建築風格，紅簷白牆，屋頂綠色琉璃瓦，飛簷翹角有如大鵬展翅，無論外形設計和室內裝飾，都展現出中國文化藝術特質。中山樓之結構層層疊疊，屋頂鋪蓋以綠色琉璃瓦，中山樓的圓頂有如一頂冠帽。樓前的石獅子具有鎮煞辟邪之功用，樓之正前方廣場，矗立一座雄偉挺拔的牌樓，正面鐫刻　國父墨蹟「天下為公」。

走進紅色鑲古銅雀紋金花邊的大門，首先映入眼簾者為式樣別緻、種類繁多且盞盞匠心獨具的宮燈，以及樑柱上彩繪之色澤鮮豔、變化多端的明、清兩代圖案，地面鋪以大紅色地毯，顯得富麗堂皇。在中山樓人們領略的不只是建築藝術的極致之美，也彷彿走進時光隧道，讓一幕幕歷史的鏡頭躍然眼前，感覺既陌生又熟悉。

進入會場後看到個個爭著搶鏡頭，留下美好的回憶，此時穿梭在人群中尋找老同學，果然遇到黃種斌、黃龍泉、洪有利、呂永財四位同屆的校長一起領取資深優良教師獎，以及教育部軍訓處周以順處長到場致賀，多年不見大家相見甚歡。

開幕前做了簡單的預演及注意事項，蔣偉寧部長首先致詞，祝賀全國教師節快樂，恭喜三百四十八位獲得師鐸獎、教育奉獻獎及四十年資深優良教師，平日為教育奉獻犧牲受到肯定，並以十二年國教推動來勉勵教師共同努力來提升國家競爭力。接著頒發服務四十年資深優良教師弘揚師道獎章，我安排第二梯次上場，此刻內心極為興奮，在六百多位受獎及家屬眾目睽睽之下，由部長親自配戴獎章，內心無比光榮，並且合影留念。接著頒發教育奉獻獎有二十位獲得，這一群退而不休的老師，持續輔導弱勢的小朋友，有的從事社區教育活動，編織了許多感人的故事。

最後上場的是馬總統親臨頒發師鐸獎，進場時全體以熱烈掌聲歡迎，有些初次見到馬總統格外興奮，相機不停的拍照。致詞時特別向全國教師致敬，推崇孔孟學說的偉大，有教無類因材適教的優良傳統，期勉大家一起來提升國家競爭力。七十二位師鐸獎得主一一從馬總統接下獎盃，包含各階層教師，有校長、主任、特教老師及海外僑校，多位不乏曾獲得教學卓越獎、校長卓越領導獎，教學創新獎等，皆為教育楷模，令人敬仰。其中一位陳穎川老師曾經在十年前一起同台領取POWER獎，如今更上一層樓，值得可賀。

大會特別安排全體獲獎人員個別與馬總統合影，留下珍貴的歷史鏡頭，秩序井然有序進入指定地點，以最快速度完成三百多人合照。最後為總統為我們設宴招待餐會，菜色分別以「師嚴道尊」、「春風廣被」、「化洽菁莪」、「濟濟多士」、「師表人倫」、「功宏化育」、「斗山望重」、「為國育才」、「教澤永霑」、「贊天地化」、「芬扇藻芹」、「桃李芬芳」、「師恩弗望」命名。總統舉杯向教師致敬，並分別赴各桌敬酒，表達對奉獻教育的教師們無限的謝意。席間由新北市莒光國小兒童樂隊演奏優雅的中西樂曲，增添宴席互動的歡樂氣氛，餐會歷時約兩個小時結束，在全體與會人員恭送馬總統離席後，大家依序搭乘遊覽車離開中山樓，結束今天的行程。

本次表揚大會由銘傳大學及中壢高級商業學校承辦，過程規畫周詳，活動進行順暢，是一次成功的敬師大會。總統親臨致詞頒獎並合影留念，設宴款待獲獎的教育夥伴，感受到無比尊榮，畢生難忘。內人陪同我參加受獎與有榮焉，畢生難逢此盛大場面；大兒子弘驥在臉書上寫了一段祝賀的話語，以父親奉獻教育為榮，令我深為感動。返回學校受到同仁們道賀，本校社區協會、宗親會、校友會、家長會聯合登報祝賀，以「言教身教誨人不倦，人到心到作育英才」賀詞明顯刊登報上，咸認四十年歲月的付出獲得大家各界肯定。

金廈姓氏源流知識競賽紀實

為宣揚中華傳統文化，普及中華姓氏源流文化知識，促進海峽兩岸文化交流，激發青少年愛鄉愛國的情操，特別舉辦本次競賽，過去兩屆由廈門姓氏研究會主導在廈門舉行，本屆移地金門舉辦。本會當初審慎評估是否有能力承辦本次競賽，經過會員們討論的結果，決定接手辦理。歷經半年來籌劃研議多次，確定活動內容及過程，逐步克服困難。

廈門陳淑娥會長特地組團前來選定社會福利館為比賽場地，拜會縣長尋求支持，也決定由社會局為主辦單位，並尋求經費支援，讓活動順利進行。廈門方面有一百五十餘位前來參加，加上金門及台灣共有兩百餘位參與本次活動，因為是初次辦理此項重大活動，本會人手不足，經驗也缺乏，經過多次模擬現場實況，克服許多困難，期望競賽活動順利進行。

本次活動預估需要新台幣五十餘萬元，申請縣政府補助約二十萬元，向外界尋求經費支援，並發起會員捐款，總共募得四十餘萬元，其中以張邦育董事長捐助十萬元最多。因此活動經費有了著落，才不至於捉襟見肘的窘境。

會前設計旗幟插在會場四周，並印製宣傳海報，也請媒體在報紙刊登競賽新聞，喚起各界前來觀賞競賽的盛況。以縣長名義印發邀請卡，分發各級單位，聘請大會顧問等。競賽前準備的雜事必須規劃詳細，以免當天臨時出現問題，諸如茶敘用品、點心、便當、茶水等。

競賽會場布置特別慎重，特別製作一塊長十公尺布幕，裝設投影機投射題目，為了裝置搶答器，找遍好多家電器行，委託台灣專業技術人員前來裝設，解決了搶答儀器的難題。

十日早上廈門各界搭乘第一班船於九時抵達水頭碼頭，本會幹部拉起歡迎紅布條，列隊歡迎他們的到來，向前來的賓客握手致意。接著旅行社安排參觀景點，陳會長則驅車前往社福館查看會場。下午召開評審會議，研討競賽評分的重點，以公平公正原則評出優秀隊伍。

縣府為了表示歡迎之意，假海洋餐廳舉辦歡迎晚宴，席開二十四桌，首先由開瑄國小的二十四節令鼓表演，及述美國小的跳鼓陣於大門口迎賓，鑼鼓聲響徹雲霄，增添歡樂的氣氛。吳副縣長致詞時表示，金門擁有豐富的歷史文化與古蹟，尤其兩岸首度在金門舉辦海峽兩岸青少年中華姓氏源流知識競賽，更具有不同的意義，透過對姓氏源流的研究，能夠追本溯源，對宗族文化有更深的認識，歡迎兩岸交流互訪。

廈門市社科聯副主席陳懷群先生致詞答謝，他對金門縣政府、縣議會和社會局、教育局、文化局給予本次活動的支持表示衷心的感謝，對金門縣宗族文化研究協會全體工作人員辛勤的勞動表示誠摯的謝意，他並代表廈門市社科聯贈送「廈金一家親」墨寶給金門縣宗族文化研究協會，贈送「弘揚傳承中華傳統優秀文化，建設中華民族共同精神家園」的墨寶給臺灣姓氏研究學會。

十一日當天早上，多位會員自動前來接待來賓及選手，門口擺上十幾對各界送來祝賀的花籃，增添活動熱絡氣氛與光彩。工作人員引導選手就座，各校隊伍井然有序入座，評審人員也就定位，讓大會如期展開競賽。

開賽前，首先由各校公開抽籤參與競賽之場次後，主辦單位說明各項競賽規則。參賽隊伍有來自廈門市大同、民立、公園小學，以及本縣金寧中小學、中正、金湖、賢庵、正義等國小的五、六年級學童，分組進行比賽，總共有十八組展開四場次的激烈競賽。

經過四場初賽，由廈門市大同小學丁組、公園小學乙組、大同小學乙組、公園小學甲組、民立小學甲組、本縣賢庵國小等六組勝出進入決賽。其決賽形式和初賽相同，唯一要求是追根溯源小故事必須不同，各隊代表充分準備，上場立即能說出自己家族的小故事。

整天比賽至下午五時四十分左右告一段落，我以金門縣宗族文化研究協會理事長及廈門市姓氏源流研究會長陳淑娥等人，全程在社福館掌控參賽活動過程。最後成績揭曉，一等獎公園小學甲組；二等獎大同小學丁組、民立小學甲組；三等獎公園小學乙組、大同小學乙組、賢庵國小、公園小學丙組，均獲得獎盃一座和獎金。其餘參賽隊伍均獲優秀獎，選手各頒獎狀一紙，以資鼓勵。

閉幕典禮於當日晚六時三十分假盈春閣舉辦，由縣府主任秘書盧志輝等人上台頒獎，表揚優勝得獎隊伍。同時舉辦閉幕聯誼餐會，並有廈門各參賽國小學童上台表演絲竹音樂、歌仔戲、歌舞節目及小提琴獨奏，多才多藝，精彩表演，贏得在場熱烈掌聲，增添交流和歡樂的氣氛。

本次競賽活動承蒙協會同仁配合，出錢出力，大會才能圓滿成功，讓各界刮目相看，打響協會的名號，讓更多的人士重視其根源。

領域召集人培訓

接到教育局調訓的公文，到了三峽研究院才知道是學校層級的數學領域召集人參加的對象，於是國教院指派我擔任本班輔導員，經過一週密集的課程研習，收穫也不少。最可貴的是遇到昔日這群數學實驗的戰友，一二十年不見，各自闖出一片天地，相見甚歡，回憶起往日奮鬥的故事，談得津津樂道。

首先由研究院元老級的周筱亭主任介紹本次課程的特色，她從事數學研究工作有四十年的時間，從六十四年版及八十二年版的數學課程，默默的耕耘，奉獻畢生的青春在數學教育，其精神令人欽佩，即將退休，令大家感到不捨。接著由北市國語實小楊美伶校長擔綱，以多年的教學實務講授「靈活運用教具玩出數學力」，舉出許多教學實例利用教具配合教學，提高學生學習興趣及對題意的理解。楊校長從八十二年版實驗課程至今，教學實務豐富，目前是台北市數學輔導團團長。

中央輔導團陸昱任主任談教師領導者具備的特質，如何帶領學校教師成長的能力；周筱亭主任從長度、時間篇談量與實測的教材教法，其實我最重視這項教師具備的基本知能，才有能力發揮教學的功效。其實教育研究院裡出版一系列的參考資料，可以供學校辦理研習的好材料，當然我們都索取一箱寄回學校，鼓勵大家善加利用。

早期曾經是台北師院附小團隊的連安青老師，目前帶領東華大學附小的數學專業社群，分享她經營社群的心路歷程，表現優異的成果，本次研習的重點是召集人如何帶領學校專業社群成長，以及網路資源運用實作。在台南大學謝堅教授探討小數、比和比值計算的迷思及常犯的毛病，過程十分震撼，咸認收穫最多。

最後由擔任教育部課程與教學輔導組數學領域召集人的鍾靜教授，多年來投入數學教育，帶領中央輔導團走遍全國各地，有計畫推動各縣輔導團運作，深切了解教師的困境。幾年來推出數學科普閱讀、繪本教學、資訊融入教學，以及目前正積極推動教師專業對話，期望提升教師專業知能。

在綜合座談會請潘文忠副院長主持，聽取學員們的意見，勉勵各位回到學校後，主動帶領學校同仁專業成長，把國教院編印的教材及數位光碟介紹給所有老師參考，發揮傳播的效果。我也以輔導員的身分，以資深的歷練經驗期望年輕的召集人，發揮各位的專業，在校園內深耕茁壯，讓國內數學教育不斷進步。

近年來國內數學教育面臨的困境是師資缺乏，一般學校具有數理素養的老師太少，學生放棄學數學的孩子越來越多，實在令人憂心。雖然教育部每年投入大筆經費用在補救教學上，其效果有限，如果不從基層打好基礎，健全師資陣容，後果會越糟糕。在國際舉行的測驗，低成就人數占的比率很高，值得我們深思與檢討。

自從教科書開放以後，統編本受到社會質疑，數學教學法成戰國時代，教師無所遵循。國小大多採包班制，許多老師缺乏數學素養，教學方法與使用教具十分陌生，老師停留在老師講、學生聽的教學方式，不曉得如何用討論的方法進行教學。合作學習，也可稱之為社會建構，老師為什麼要用討論的方法進行教學，因為孩子要學習傾聽、討論、質疑、辯證的能力，進而培養發表的溝通協調能力，最後是培養帶領團隊的能力。

數學的重要性，不僅因為數學之科學之母，更因為數學會與很多重要的科系有關。如企管、保險、統計、會計、工程、電機、醫學、建築、設計、動畫與教育等，值得教育部門多努力耕耘，讓國小數學札根茁壯。

第十八屆縣運會

金門縣第十八屆運動會暨第四屆離島縣聯合運動會，以及二〇一二全國田徑菁英賽開幕典禮在金門縣運動場盛大舉行，開幕典禮於十六日下午五時在縣立運動場舉行，由縣長李沃士主持，包括行政院政務委員兼福建省主席薛承泰、金門縣議會議長王再生、行政院體委會副主任委員錢薇娟、中華奧會主席蔡辰威、立法委員楊應雄、陳雪生、澎湖縣縣長王乾發、議長劉陳昭玲、連江縣副縣長陳敬忠、議長陳貴忠、金門之光許績勝等各界貴賓、選手及旅台同鄉會代表與鄉親近萬人參加。

縣長李沃士致詞時，歡迎來自離島的選手、貴賓來金參與盛會，進行體育交流，更期待透過離島運動會的平台，加強產業、經濟、文化各面向的相互學習、相互來扶持與相互成長的機會。他並祝福參與的選手締造個人佳績，再寫下新的紀錄，創造更好的成果。

參加開幕典禮，現場由本縣管樂學生組成的「大會樂團」在場中暖場演奏。本縣土風舞委員會、太極拳運動委員會、中正國小、元極舞運動委員會、運動舞蹈委員會，先後上場表演，隨後，六十九支隊伍整隊進場。各單位展出其特色，極富民俗性演出，依照順序進入會場。此時我帶領本校跳鼓陣、選手及教職員工，隊伍浩浩蕩蕩通過司令台，向台上貴賓揮手致意，展現各校特色。

經過一連串儀式的展現，升大會旗、聖火繞場、點燃聖火，最精彩莫過於施放煙火，歷時約十五分鐘的煙火，展現火樹銀花的變化，象徵和平幸福的城市，結束今晚的開幕典禮。

本次澎湖共有三百餘位選手及行政人員前來，連江縣也近一百五十位前來，加上台省菁英選手及貴賓，近千人參與，與本縣參加人員共近萬人，超越歷屆運動會。大會以「打造快樂城市，開創幸福島嶼」為主題，強調離島不離心，團結三個島嶼縣市共創未來。

在三天大會期間，三縣縣長與行政部門舉辦座談會，共同提出未來合作的理想，並拜會省政府等機關。三縣學校校長也在金門高中舉辦十二年國教推動的座談會，提出對策看法。

本縣最近被評為全國最幸福的城市，社會福利做得好，設籍人口數不斷攀升，現已超過十一萬人了，與澎湖及連江兩縣比起來，本縣財政富裕，資源充裕，讓他們羨慕不已。

近年來金門縣政府積極推動體育活動，重視學生體適能，普及各項運動諸如元極舞、太極拳、土風舞、籃球等，希望全民動起來，有健康的身體才有幸福的未來，以「打造快樂城市，開創幸福島嶼」為目標邁進。

紫錐花運動

「毒禍」這場電影首映會活動是由財團法人淨化社會文教基金會、社團法人中華佛教普賢護法會、金門縣政府民政局共同主辦。現場有城區國中小學生以及在金服役的現役軍人、各界人士等，共百餘位。而金門縣政府主秘盧志輝、淨化社會文教基金會董事長淨耀法師、普賢護法會秘書長陳立純、民政局長翁伸金、環保局長楊世宏、大同之家主任許美鳳、金防部政戰主任李智雄、佛教會理事長性海法師及各級學校校長也都到場共襄盛舉。

盧志輝致詞時表示，毒品問題早從清朝末期，鴉片讓國人身虛體弱。而反毒的工作，是每一位國人的責任，也是必須的。毒品議題是世界性的，沒有國界之分，且毒品有成癮性，一旦染上後戒毒工作是很困難，他希望藉由電影的宣導，讓所有人從中吸取教訓，進而身體力行，拒絕毒品誘惑。

淨耀法師則說，毒品不分社經地位，不論是高官達人抑或販夫走卒，只要染上便是難以戒治，因此才希望能夠透過串聯縣市，讓各縣市單位同心合力，一齊讓反毒更有成效。盧主秘及淨耀法師帶領所有與會嘉賓，齊聲宣誓反毒，並高舉貼有代表反毒的紫錐花貼紙的手，勇於向毒品說不。

馬總統出席反毒會議之反毒博覽會時，在民間團體、教育部蔣部長及總統傳遞揮舞「紫錐花運動」旗幟，宣示「紫錐花運動」，由校園推向社會，由國內推向國際，全球一起來，並爭取國際認同此一反毒意象及作為永久反毒代稱。

政府為擴大宣示反毒，自八十三年開始舉辦「全國反毒會議」，迄今十九年，但因新毒品層出不窮，其種類、偽裝形態及變異，不易完全察覺阻斷，故反毒宣導似難一仍舊慣，而有必要予以提高層次，以嶄新及系統性之作法加以有效因應。校園之於社會的其他系統，是一個相對單純的環境，因學生年輕識淺，涉世未深，對次文化的引誘抵抗力較弱，易受外力或有心人士的影響；但學生亦是一群有理想、熱情、自覺、自醒能力的青年或青少年，相信在優質的文化刺激下，能對當前不良風習予以批判，並做出正確的抉擇。

我們認為人類施用毒品是一種嚴重的「病態文化」，為了消弭這種「病態文化」，依循以往歷史經驗，更認為應從有熱情、有理想的校園塑造新思維、新觀念，引導青年學子對自我生命的期許與熱情，以消除人類病態文化為二十一世紀的青年任務之一，並以兼善天下的抱負，將反毒的紫錐花運動由我國校園、社會再推向國際，讓全球國際社會共同奮鬥。

紫錐花標章、標準字設計以健康、開朗與榮耀為出發點，建議以持之以恆的態度，反對濫用藥物。整體的視覺形象是盛開的花朵，也意味著燦爛的煙花，煙花的核心是一個紫錐花雌蕊象徵，意指紮根散播、健康活力、尊重生命。

課程領導專業知能培訓

聆聽黃嘉雄教授講授課程專業知能，以台北市優質學校評選為例，以及曾作過的評鑑方式；李俊湖教授則以十二年國教推動的有效教學及學習領導，受益良多，讓我重新檢視在學校課程領導的作為。

過去校長多重視行政領導，在課程領導上較為缺乏專業知能，因此必須參與這方面的研習，具備應有的知能。這些年來在學校本位課程皆依照遴選校長時提出的規劃，在課程設計有寫作創新教學、做家事體驗、快樂農場、環境教育等，針對本校特性及現有資源，實施以來有實質的改變，形成校園特有文化，蔚為風氣。

以寫作創新教學為例，看到顯著的成果，因此本年度提出教學卓越獎進入全國複賽，在團隊的努力下，跨出一大步。他們將所有的教學設計彙整，裝訂成冊，編印兩本學生作品集，製成光碟。以四至六年級實施對象，課程歷經兩階段計六年，經團隊不斷修正檢視，一再研究討論，完成五十八個單元活動設計，融入各領域及彈性課程實施，推動後獲致良好成效，有效提升學生寫作能力，兒童作品發表於國語日報、人間福報、金門日報等，全校中高年級投稿率近百分百，堪稱破歷年記錄。

本校雖小，然而在教學活動設計屢獲佳績，由黃香梅老師主導的教學團隊，從萌芽期到生根茁壯，歷經六年耕耘才獲得卓越的成果，他們在學校特別建置網站，印製成果專輯，製作光碟，分享全縣教育先進，作為寫作教學參考。從本次課程實施，校長居於領導的角色，教師自發性的站出來，奉獻心力，其成果是無法想像，年輕活力的展現，可以發揮無比的力量。

本縣多年來未辦理校務評鑑及課程評鑑，無法顯現校園的朝氣，可以仿效台北市優質學校的評選，或是創新教學案例，讓教師有展演的舞台，各校可以針對學校優勢提出申請，經過評選委員會選出學校特色，彼此分享校園文化，展現教師專業社群的運作，尤其未來將實施教師專業評鑑，重視教師有校教學及學生獲得學習成效，身為一位學校校長應了解領導的新趨勢，建立校園學習型組織，帶領全校學習社群向目標邁進，以配合即將十二年國教政策的推動，成為優質的校園。

教學卓越獎

教育部自九十二年起即設立「教學卓越獎」以遴選優秀教學團隊作為教學典範，並於九十三年增設「校長領導卓越獎」以表彰校長之優質領導，辦理至今已遴選出許多優質領導的校長與優秀的教學團隊，激勵教育人員士氣、提升教育品質。

我自擔任本校校長屆滿五年，當初提出推動「生活體驗學習，改造校園文化」創新教學方案，內容有做家事體驗、小小解說員、社區有教室、提升語文能力四項主軸，逐步推動，尤其在寫作形成一股風潮，近年來奠下良好的基礎。

以香梅老師為主的寫作教學，這些年來嘗試創新教學已有相當的成效，鼓勵她將近年教學的實例及學生的成果，有系統的整理出來，並提出個人的想法，將過去得獎的經驗分享，期望參與教學卓越獎競賽，提升學校的知名度，爭取榮譽。

二月初，香梅老師把整理出來的方案資料彙整，趕緊請印刷廠印出，以備趕上三月初參加初選，如期在四月繳交教育部承辦學校評選，把資料完整裝訂成冊，相當慎重其事。接著五月份觀察員到校訪視，我們也備妥許多教學檔案及相關資料，來自桃園中平國小陳新平校長伉儷的觀察指導，從教師現場教學、家長訪談、團隊訪談、師生訪談等，一天的程序安排下，才完成訪談的記錄。其實我們不敢奢想獲得獎項，只是勇敢的跨出一大步。如今全國競爭激烈，各縣市推選最優秀的團隊參賽。

兩位觀察員，從教室觀察、與親師生訪談、參閱成果資料及團隊報告，觀察員花了一整天的時間才完成，鉅細靡遺，記錄他們所看到的一切教學過程，作為評選的依據。兩位觀察員極為稱許，相約七月初桃園縣見面，參加複賽報告，當然給了團隊極大的鼓舞，積極做好簡報內容，補充不足的資料，讓整個方案更為充實。

六月十三日獲知排定七月四日上午參加複賽簡報，看到高市苓洲國小參賽，那是翁慶才校長帶領的團隊，總共三十八隊角逐，其中不乏經驗老道的團隊，勢必一番激烈的競爭。

接著趕緊訂好赴台機位，希望如期前往桃園縣大有國中參賽，七月三日下午搭乘華信航空抵達台北，接著搭桃園客運到桃園市區的飯店，晚餐特別找了一家素食餐廳，精緻的蔬果菜餚一道道出來，我們趁此機會放鬆一下，聊一聊輕鬆的話題，難得飽食這一餐。第二天一大早到達大有國中，每隔三十分鐘一場報告，臨場前不斷的演練，備好簡報資料及成果集裝成六袋，預備送給評審委員參考。

這一場簡報以影音效果呈現，歷經多少次修改測試才定稿，必須在十五分鐘內報告完畢，有十二分鐘提問，唯一遺憾的為帶紙筆記錄，委員一口氣提了七個問題，來不及記下來，難免有疏漏的地方。當然最後評選仍看他們給的成績，只有靜待八月份得獎名單的發布。

一個優質的合作團隊必須在平日就要有良好的默契和高度的協同能力，尤其在緊要關頭，最能展現團隊平日運作的績效了。很幸運我們的團隊夥伴一直以來都能在專業互享學習的氣氛中相互勉勵、共同成長，因此面臨各種工作任務的執行時，都能彼此鼓勵、相互支援，團隊的合作與默契更是好得沒話說。在參賽的過程中，難免會有一些煩躁，但是如果大家都能秉持「不到最後一刻誓不輕言放棄」，勝利的果實終將屬於堅持到最後的那群人。尤其身為團隊的領導人，必須時時給予團隊夥伴適切的關懷與鼓舞，並能展現領導者堅韌的意志力。此外在參賽過程中，不斷改進別人看不見的細節，則是各項競賽場中成功的秘訣。

八月中旬比賽成績公布，很可惜無法進入金銀獎前八名，雖然落選了，我們已經跨出一大步，安慰團隊成員不必灰心，希望明年再參加比賽。

廈門數學研討會紀聞

十月中旬辦理全縣數學研習時，應譚寧君教授邀請赴廈門參加該市辦理數學素養的認識與實踐研討會，此機會難得，希望到對岸觀摩目前數學教育的概況，吸取寶貴的經驗，再與國內數學比較，十分有意義。

十一月三十日下午與中央輔導團員洪雪芬老師由小三通抵達廈門，晚上與譚教授會合，準備為期兩天的研習活動。第一天上場的是廈門市教育局任副局長以「師者走向卓越的智慧」為題演講，他是位學者型局長，講座內容豐富，列舉生活中數學例子印證，出版多本數學著作，學識淵博，訓勉教師共同追求卓越。

其次上場的是洪雪芬老師運用五連塊探索學習，以玩具學數學，在利用分組共同學習，學生反應熱烈，達到預期目標。接著由北投國小陳廉偉老師示範教學，以周長與面積的探索教學，學生在競爭中努力學習，教學效果良好，兩位台灣來的教師，獲得與會教師讚賞與迴響，紛紛提出問題研討。譚教授以「認知負荷理論在數學教學設計上的應用」發表多年來教授經驗，穩健的台風，在簡報中有許多超連結的圖檔，彩色畫面加上動畫，生動有趣，讓與會的教師獲益非淺。

大會安排四節課由同安廈門地區多校教師擔任演示，單元有「雞兔同籠」、「可能性」、「郵票中的數學問題」、「扇形統計圖」，他們共同的特點是教學模式相同，學生回答語氣一致，教師板書工整，運用電子白版及單槍也十分普遍，教學現場活動並不像國內孩童的活絡，教師掌握教學流程，口齒清晰，值得學習之處。最後一場由特級教師也曾擔任校長的教研員，如我們一般的輔導員，教學中放下身段，拉近師生關係，過程精彩是可預期的，整個演示過程很像模仿國內的模式。

這次研討會由同安「陽翟小學」承辦，該校有百年歷史，我們抽空在年輕有為的楊校長介紹下，實際參觀校園，非常有特色。校史室展出許多珍貴照片，敘說建校的歷史；有道德銀行的設立，表彰品德優秀的學生；重視書法教學及教師專業研究，隨時可以開放教學觀摩；校園植物加註詩詞成語，搭配圖片解說富有教育涵義，校園寬闊，綠化工作做得不錯。

三天來的交流活動中，從承辦人口中了解教育單位辦理研習有兩種方式，分官方與民間，據稱民間曾有數千人參加的紀錄，來自全國各地的教師，必須繳費參與。本次屬於官方辦理的，只有廈門市教師，有兩百多位參加，十分踴躍，個個表現認真專注。反觀今日國內的研習是提供免費而舒適的，參加意願不高，談不上研習效果，如果大家再不求上進，將來我們兒童的數學能力勢必下降，如何與國際競爭。

我參與數學課程有三十多年的歷程，自六十四年版到八十二年版的數學實驗，以至九年一貫課程均參與，對整體數學架構有所了解。這些年一直擔心數學教育不被重視，教師素質低落，學生如何與他國競爭，近來國際數學素養評比，顯示程度低落的人數增加，學習興趣差，這是一項警訊。現在大陸正如火如荼進行教育改革，聘請台灣教育專家及教師，發表專題演講及教學演示，校園內常有專家輔導，水準顯著提升。

目前國際經合發展組織（ＯＥＣＤ）每三年辦理國際數學素養評比，看出各國學生的差異，將數學能力定義為：「一種能夠定義和理解數學的能力，並對於數學所扮演的角色，能做很好的發現與判斷，以因應其未來個人生活、職業生涯、同儕和親屬等社會生活的需要」。其定義主要包含四大概念：「數量」、「空間與形狀」、「改變與關係」、「不確定性」。十二月二日公布去年競賽的成績，各國競爭激烈，我國在數學排名第四，算是暫時保持實力。

在回程的途中與譚教授論及兩岸的差異，對岸教師受教師分級的刺激，學習慾望高，研究風氣盛行，隨時都可以做課室觀察，而我們目前的教師懼怕教學演示，教學能力如何提升；在教材方面，現行課本內容多而深奧，尤其出版的奧林匹克數學難度更是艱深，此行對譚教授來說相當震撼，認為未來我們無法與他們相比。

現今精進教學應有所改進，花費大筆經費在補救教學及課後輔導，不如增強教師基本教學功夫，師培中心應重視人才的養成，才不致本末倒置。在適當會議提出建議，從紮根工作做起，甚至常組團赴國外考察學習，讓教師有所省思與激勵。近期親子天下雜誌發表一篇『無效研習如何促進有效教學』指出目前研習的弊病，要以思考取代宣導，以感動取代說服，用系統取代零碎，並顧及教師差異。

此行親身目睹大陸教師現場教學實況，他們正在推動日本佐藤學的「學習共同體」，積極分享讀後心得，教師打破教室界限，讓同仁走進來觀課，實際演練教學技巧，真正落實在教學現場，作為我們借鏡之處。

營造溫馨氣氛凝聚集體智慧

又一次奉派到三峽國家教育研究院進修，成了這裡的常客，每次來都有不同的感受與收穫，這次的研習方式大幅改變，與往日大不相同，令人震撼。

開訓時，由潘文忠副院長主持，期望參加的校長能暫時放下校務工作，將心思沉澱下來，就少子化議題凝聚校長智慧，提出解決策略。首先由桂景星校長帶領團體動力學，以童軍活動引導我們如何進行交友互動，類似卡內基教育模式，營造溫馨的氣氛，讓學員相互認識。桂校長能自彈能自唱，展現他多才多藝，讓我們從他身上學到許多特質。他以團體動力帶領全校營造快樂學習的園地，在桃園打造一所優質的新榮國小。

最讓大家欽佩的是李柏佳校長，他服務教育界四十六年，寫下《苦行此生甘之如飴》一書，達一百萬字的教育歷程，以豐富的歷練帶領著我們。他曾經在台北市指南、萬芳、景興、中山國小擔任校長，經營校務績效卓著，獲獎無數，以愛心造福弱勢學生，以卓越領導教師邁向優質校園文化，是我們學習的典範。

洪啟昌主任以幽默的實例，談「教育議題思考與問題分析模式」，從問題中了解現況，找出原因，思考解決方案到貫徹執行，舉出多種邏輯思考模式實例，透過議題分析實作，分享經驗，集體智慧產出，形成共識，最後分組發表修正，作為校長治校的參考。

聽了新北市集美國小吳望如校長「創新經營與行銷」，暢談他在米倉國小時創新經營的理念，將校園型塑為文化創意的學習園地，師生共同建構校園內學習角落，活化空間利用，變為一個美麗的教學園地。並且善用媒體行銷學校特色，舉出許多處理校園危機的實例，傳授寶貴的經驗，上了一節理論與實務相結合的課程。

近年來每次來到院裡研習，年紀排行最老，從板橋到三峽，參與數學實驗、輔導員、課程督學、校長儲訓、領域召集人、校長在職進修，不勝枚舉，目的在專業上的增能，從不敢鬆懈，每天八節課專注的學習，從不缺席，獲頒每一期結業證書，累積多年的研習證書，已厚厚一疊了；因此在教育上獲得許多珍貴的經驗，對校務推展極有助益；在校以人性化的管理，以身作則的作風，各項工作稱心如意。猶如功夫練得好，一身功夫隨時可用，消除任何障礙。

四天的琢磨時光匆匆流逝，院裡改變以往只有聽講的模式，改為圓桌對話，從營造溫馨的氣氛，凝聚集體智慧，到建立思考模式，分享實務，改變校長不同的思維模式，進而改造校園文化，為國教而努力。

一般教師慣用傳統思維，先入為主，抗拒教育變革，因此處在變遷的社會裡，難以適應，成了教育改革的障礙。因此校長如何引導全校教師提升專業能力，凝聚共識，發揮團隊力量，是成敗關鍵重要的推手。

每逢教育改革必受到反對者唱衰教育政策，缺乏正面的鼓勵與支持，其實教育界仍有許多默默奉獻的一群，散布在各地，編織著一個個感人的故事，造就多少不凡的學生，這一群辛勤耕耘的教育工作者，才是國家競爭力的根本，國家前途才有希望。

從軍公教待遇談起

近日來，某些立委質疑軍公教退休人員領取年終慰問金不合理，經過媒體大肆報導，引起舉國譁然，行政院不久毅然宣布僅發放給弱勢者，此事件才終止輿論撻伐。

此次軍公教待遇又被掀起風暴，在錯綜複雜的歷史成因及社會情緒激盪下，催促政府提出改革並需加快腳步。十月二十九日聯合報社論提出四點呼籲，我也十分認同，其一為政策與時俱進；其二朝野應理性面對歷史共業；其三改革的手段與正當性不應以社會對立為代價；其四從根本上提升經濟才能緩和社會矛盾。

多年前曾經參加全國教師會研討退撫基金運作會議，發現基金收益銳減，新進教師人數逐年減少，每年支付退休金額龐大，如此一來勢必入不敷出，最終只有停發或倒閉。再說現今軍公教退休替代率偏高，造成退休與不退休差距縮小，實在不合理，若替代率降為擔任職務時的一半，那退撫基金維持才會長久。

我們唾棄一些政客為迎合一般民眾，那種咄咄逼人氣勢，以偏概全，造成社會對立，抹殺軍公教對國家社會的貢獻，制度不合時代應修改，但是不能把我們當成是社會上的罪人。

我們也體認政府財政困難，舉債數字年年攀升，最後必留給子孫償還，情何以堪！以十八趴支付退休利息而言，那是八十四年以前服務者有此項優惠，新制退撫制度已經不存在，可是如今一直提出批判，當初為維護退休金較少的公教人員，現在一直拿出來炒作，有失公平正義。

我認為一些問題歷經多少年，至今提出檢討是有其必要，在言論自由下無所不談，然而媒體提出一些危言聳聽的報導，引起社會不安以及朝野對立，的確不足取。加上談論性的節目，傾向某政黨的名嘴，口沫橫飛，似乎說得很有道理，誤導許多模糊的民眾，也讓執政者無所適從，形成一種亂象。

行政院以快刀斬亂麻的方式來處理，必定會引起退休人員的不滿，國民黨立委受到選票的壓力，會提出糾正的做法，勢必引發藍軍的糾葛，讓執政者難以決定，造成政府威信掃地。

軍公教待遇改革勢在必行，訂定公平合理的方案實施，才能讓制度健全發展，退撫基金才有永續的未來。

輯三　校園集錦

教育創造未來

本書為洪蘭教授所寫的一本書，天下文化出版的「前進的思索」一系列作品，包括星雲大師、沈君山、張作錦、高希均、黃達夫、陳長文、王力行、嚴長壽、姚仁祿十位具有說服力，「思索」產生了良性的互動及改革的力量。十位作者的共同願望是透過他們的自選集，能夠凝聚社會向上的力量。

洪蘭是醫學神經科博士，近年來有感於教育是國家的根本，而閱讀是教育的根本，積極投身科學生根及閱讀推廣工作，到全國各地演講並發表許多著作，導正一般家長錯誤的教養觀念，值得閱讀的書籍。

本書共分四部分為創新思維的學習力、決勝未來的腦實力、美好生活的幸福力、公義社會的實現力。這些專欄文章曾經在報章雜誌發表，重新整理匯集成冊，在二十年來台灣社會改變很多，文中點出許多家長在教養的迷思、社會上存在許多迷信的故事、為官應有的作為等，具有針貶警世的作用，凝聚社會向上的力量。教育的力量無限，創造未來寬廣的世界。

清掃學習

開學日的那一天，我親自為中高年級的小朋友上了特別的一課，那就是廁所洗禮！要學生認養了四十九個便池或便坑並用手洗淨它們。

寒假中，我曾經參加金門縣環保局舉辦的清掃學習教育訓練；當時，參加的校長們不戴手套，要用擦了護手霜的手洗滌廁洗的便池，清除會發臭的污垢。

這次帶著小朋友們洗廁所，傳授他們潔淨及除臭的要領——小朋友們可以戴上手術用的乳膠手套，再加上絲瓜布、鋼刷等工具為有臭味的便池、便坑清理。起初一般學生覺得動手洗廁所很噁心；不過，實地進行之後卻覺得很有成就感。經過這場洗禮，他們體會到洗廁所的辛苦，希望每個使用廁所的人可以尿準或便準一點；萬一尿偏了或便偏了，則應該自己收拾一下！懂得珍惜周遭的環境。

廁所的清掃學習，學的不只是如何讓廁所乾淨，還包括「放下身段」、「謙卑學習」、「凡事澈底」、「磨練心志」、「感恩惜福」、

「體恤辛勞」、「環境為本」等啟示。希望推廣到每個家庭，讓全家總動員，使家裡的廁所永遠乾淨亮麗，而不是想像中的汙臭。

親子共讀

本校為促進親子互動關係，特別辦理「我和我的孩子——父母成長學習活動」，透過親子共讀，讓孩子建立良好的閱讀習慣，也讓家長增進教養的知識，營造書香家庭。

輔導室陳翠賢組長用心選定閱讀一本《喜之客——SUPER阿嬤的超級教養術》，意思是自小好教養的孩子，從裡到外看起來都很美、很舒服，這樣的孩子到哪裡都受人喜愛，就是一位「喜之客」。SUPER阿嬤李金娥以半世紀育兒經驗結晶，她認為教養不必花大錢、讀名校、請名師、買教材，在家中和孩子一起洗米煮飯、折衣疊被，就能培育出一生受惠無窮的好品格、好習慣、好教養。

這本書分為三部分有煮食、做家事、個人生活禮儀。這些項目正符合本校目前正在推動的作家事體驗，從小學會打理自己的生活，養成勤勞的好習慣，增進家庭的和樂氣氛。本校四年來推動做家事獲得家長支持，學生主動參與，生活行為有顯著改善。

家長如此訓練出來的孩子，將來在社會上就能獨立自主，給孩子一輩子受惠無窮，父母不必擔心孩子的作為，成為一位人見人愛的好孩子。

星雲說偈

幾次因緣際會結識金蓮淨苑永勤法師，承蒙她對教育的重視，特別捐贈一份「人間福報」，多次詳閱之後，的確是一份適合兒童看的報紙，內容報導真實，多知識性文章，沒有血腥新聞，因此本校推動讀報運動，配合推動閱讀計畫。

其中在第一版有一段「星雲說偈」，可能很少人注意，目前已編輯成冊，在編者序提到一句寶貴的禪詩偈語，可以讓你化迷為悟，頓時豁然開朗；一句禪詩偈語的棒喝，能牽引你到清淨莊嚴的世界。尤其是生活在忙碌社會的現代人，希望在心靈上覓得一股清淨自在的泉流，以紓解焦慮及躁不安的心。

譬如「靜坐常思己過，閒談莫論人非」、「一念瞋心起，百萬障門開」、「世界最美是微笑，世界最好是布施」，富有修養心性的意義，作為世人省思的名言。

近日從此書中看到禪師宗祖師們充滿智慧的哲理名言，感受到星雲大師深入淺出的般若智慧，受益良多。

美麗的家鄉

今收到和碩集團致贈的《微笑台灣款款行》一套書，目的是將台灣推向世界，引領學生領略生活中的文化，認識台灣鄉鎮的美好。

其實金門的美麗也許還有許多世人不了解，從古厝風情、慈湖夕陽、洋樓風華、戰地遺跡、民俗技藝、生態資源、香醇美酒…等，讓遊客目不暇給，這些豐碩的文化資產，受到應有的保存維護。

今日的金門歷經六十餘年胼手胝足，軍民致力綠美化工作，已成為海上公園，是一個適合居民長期居住的環境，成為可以享受慢活的島嶼。因此許多長年居住的人們不知覺，來訪的遊客讚美不絕，是一個幸福美麗之島。

身為在地人更應了解家鄉的文化，保存傳統的習俗，守護這塊美麗的家園，世世代代一直傳承下來。把金門之美推向全世界，讓更多世人嚮往這塊淨土。

目前文化局正在推動登錄世界文化遺產保護，我們應該深入認識家鄉的文化，推動世界遺產保存登錄，一起來達成這項有意義的工作。

愛護眼睛

眼睛是靈魂之窗，也是重要的器官，如果我們沒有了眼睛，就不能看東西，也不能做任何事情，所以眼睛是我們最重要的器官。

如何保護眼睛是我們重要的工作，從日常生活中我們都需要它，看東西、寫字，做任何事情都要用到眼睛，所以我們要保護眼睛。看電視要保持距離、寫功課要坐姿端正、閱讀一段時間要讓眼睛充分休息、不可以太晚睡覺、讓眼睛有充分的休息，以保持眼睛的明亮。

眼睛對人類是很重要的，不管任何時間、任何地點，都需要用到眼睛，沒有眼睛，我們的人生是黑白的，有了美麗又光亮的眼睛，我們的人生是美麗、光明又燦爛。

要如何保護眼睛呢？首先，少看電視，要看電視的時候，每看三十分鐘一定要休息十分鐘；而且距離要保持在三公尺以上，才不會造成近視。其次，少玩電腦，也是每三十鐘一定要休息十分鐘，不可以趴著玩電腦，這樣眼睛看太久也會過度疲勞。再來，看書的時候，姿勢要正確，眼睛與書本的距離保持三十公分，且燈光要充足。最後，多看遠處，還要多看綠色的植物，這樣可以讓眼睛休息，不會過度的疲勞。

若眼睛近視了，看東西時非常不方便，造成很大的困擾，當然，這是可以預防的，眼睛是靈魂之窗，功課好，視力要保護。

快樂農場

校園的後方經過整理之後，已經成了一處快樂的學習園地，一年四季種下不同的蔬菜，成為午餐的食材，這是全校師生共同努力的成果。

我們將園地分給各班一畦，製作班級牌標明班別，並且到農試所索取茄子、絲瓜、青椒、黃瓜、香瓜等十多種蔬菜幼苗，分給各班栽種，讓每位學童體驗田園之樂。每班自己分配輪流澆水、施肥、除草等工作，發現孩子早晚會關心種的菜長大了沒有，成了孩子喜歡去的小天地。

大家特地找了一些花生種子，教導小朋友如何播種，打著赤腳踩出低窪的坑洞，一顆顆種子投下去，用腳覆蓋泥土，用耙子爬鬆就完成了，同仁看了覺得很有趣，也上了一節農藝課。如何澆水、施肥也是要有技巧，過猶不及都會造成枝葉枯萎。在農家生長的孩子，大多懂得犁田、播種、收割等技能，一生當中永遠不會忘記，而且受用無窮。

春夏時節是萬物生長蓬勃的時候，眼看著作物漸漸長成，每班分組做紀錄並用相機拍下生長的變化。用竹竿架起圍籬，好讓枝藤攀爬，時間一天天的過去，枝葉也茂盛起來，花開了，果實漸長大。南瓜的枝藤爬滿一大片，最為茂密，雜草因此而無法滋長。一條條豆莢垂下來，一顆顆西瓜像球一樣膨脹起來，茄子長出一根根長條紫色的果實，收成最多的是小黃瓜，每天都可以採收。大家享受成長及收成的喜悅，領悟了關愛生命的可貴，讓孩子的心靈烙下深刻的印象。

近來除了種些景觀樹外，特別栽種不同的果樹，有木瓜、芒果、桃子、梨樹、柑橘、柚子、楊桃、人參果、蘋果、檸檬等。期間必須經過澆水、除草、施肥、整理過程，再過幾年後就可以看到收成。

這個快樂農場是成了全校師生休閒的園地，將是師生共同快樂的回憶。

讓孩子有個美好的童年

我自小生長在農家，在家庭貧困中長大，體會幼時生活物質的缺乏，在工作忙碌中求學，至今仍記憶在腦海中，永難忘懷。往往要隨著家人在田野耕作，那一幅田園歡樂的景象，永遠在腦中浮現，今天的環境下已是罕見的畫面。天真無邪的歲月裡，嬉戲的花樣真是無奇不有，捉鳥捕蟬，樣樣都做過，如今只能以筆墨加以記載。

夏天裡，趁著農閒的時候，在樹林裡捕捉熊蟬；在田裡常有挖掘的小坑洞，找出大蟋蟀藏匿的地方才肯罷休；偶而捕捉小蟋蟀當寵物來飼養，玩起鬥蟋蟀的遊戲。每當相思樹開花時，成群的金龜子圍繞在相思樹花盤旋，極為壯觀，我們捉來的金龜子把玩一番。

這一切童年的趣事和現今的孩子大不相同，成天到晚注視著電視或電腦，視力減退，與家人的互動減少，產生了疏離感，親情淡化了，家庭和諧的氣氛也不存在，孩子的個性也改變了。

因此身為父母的應多陪孩子作一些有意義的活動，一起走出戶外，親近大自然；陪孩子閱讀或上網找資料，達到親子共學的目的；甚至一起做家事，增進親子的關係，讓孩子有一個美好的童年回憶。

從陳坑宗祠奠安談宗族文化

中國古代封建社會建立在宗族制度之上，宗族成為個人與社會、國家之間不可少的聯繫單位，宗祠成了每一地區必建的建築物。金門已有一千六百餘年的開拓史，聚落具有牢固的血緣關係，一代一代的在此繁衍，目前各姓宗祠約有一百六十六座，是中原各氏族後裔開發金門尋根孝思、精神所繫。

這些祠堂分布在金門各角落，建築規制依興建朝代、宗族財力、座落地形不同而各具特色，它保存中華固有文化資產，視為本縣三寶，除了每年春秋兩次祭祀外，在古時候兼具教育文化與公共活動的多元機能，如設立私塾做為族中兒童啟蒙教育的課堂，或為喜慶及年節慶典的場所，也為族人排解糾紛仲裁的所在。

每年秋冬之際是宗祠奠安的盛季，今年正逢建國百年，各地宗祠舉行奠安活動十分熱絡。正逢學區內陳坑宗祠也擇日於十二月二日辦理奠安活動，邀請本校參加盛典，經過與炳仁叔商議，特別製作一塊匾額以示慶賀。

陳坑陳氏宗祠的南方宗祠是於國曆十二月二日開始舉辦慶成活動，經過兩天的慶成儀式後，於前夜關門，再閉門一日；隔日舉辦啟扉大典，儀式依序包括：開宗祠門、設醮、排粿粽、祀文昌和福德以及祭祖、獻敬、慶宴、戲劇公演、恭送玉皇、敬宅主及地基主、分燈、戲劇公演、鬧廳、辭神。

宗祠奠安慶典，當日凌晨起村裡開始舉辦「追龍」、「敬樑神」、「獻敬」、「拜斗」、「鎮符」、「啟扉」等儀式，鑼鼓聲響徹雲霄。晚上陳坑家戶辦桌，宴請賓客，更邀請台灣歌仔戲團壓陣表演歌仔戲，寧靜的村莊一時車水馬龍、張燈結綵，熱鬧無比。

當天下午，全校師生集合於校門口，在古樂、電音三太子人偶及鑼鼓隊的引導之下，由與會工作人員抬著「源遠流長」匾額前進，沿途施放鞭炮歡迎我們的到來，極為慎重，讓師生備感光榮。在司儀引唱之下，依據古禮行三獻禮，完成獻匾儀式。這一次學校除了對陳氏宗祠奠安的祝賀之外，也讓學生見識宗祠奠安的過程，上了一節寶貴的戶外教學課。

一般人常以為宗族的繁衍，以及族譜的紀錄是大人的事，從小培養孩子尋根的重要性，建立從愛家愛鄉的情懷，長大後能飲水思源，是目前鄉土教學重要的課程之一。

多接近大自然

學校圍牆後原本是一片雜草叢生的地方，沒有孩子敢進入，爭取兩次離島建設基金補助，以怪手掃平整地後，顯得格外寬敞平坦，大榕樹展露出它雄偉的枝幹。鋪上花崗石的步道，搭配金露花的綠籬；一棵棵的植栽茁壯起來，綠意盎然。

水生植物池種了水燭、輪傘莎草、水丁香、田蔥等；植物園內特地種植野牡丹、田代石斑木、小葉赤楠、桃金孃等原生植物，園中聳立了一塊岩石，由我題上「博學」二字，目的為勉勵孩童要廣泛的學習，處處是學問，永無止境的學習。

師生共同經營的開心農場，曾經栽種花生、甘藍菜、菠菜、花椰菜、番茄，享受作物成長與收穫的喜悅，也成了午餐的食材；香茅草、洛神花是我們招待來賓的最佳茶品，都是學童們自己親手栽種的，每天三五成群的小朋友相約前來觀察，澆澆水，看看它長大了沒，這一刻讓孩子領略到生活不只是讀書寫字，不只是藝文活動，而是尊重生命，愛惜生命，和其他更深、更遠、更寬闊的情懷。

老師隨時可以帶著學生暢遊這花園，隨處不同種類的花草樹木，供學童觀察學習；聆聽各種鳥兒的叫聲及突然冒出的昆蟲；在大榕樹下聽蟬聲、講樹的故事，享受大自然給予的教材資源，垂手可得。

低碳生活

節能減碳政策是政府積極推動，學校也配合推展，希望全民動起來，打造金門成為低碳島嶼，讓金門的環境品質提升。

校外教學正逢文化園區舉辦「低碳台灣．高瞻未來」特展，在解說員帶領下，逐一參觀個主題館，從地球暖化帶來氣候變遷問題，引發世界災難，由體驗到認識，為小朋友上了一節寶貴的環境教育課程。

節能減碳推動應先了解二氧化碳與溫室效應，聯合國於一九九七年通過的京都議定書，把二氧化碳、氧化亞氮、甲烷、氫氟碳化物、全氟碳化物、六氟化硫六種溫室氣體列入管制。溫室效應帶來地球上的影響，如海平面升高、雨量減少、空氣品質降低、農作歉收、物種消失等變化，造成地球的災難。

全民應從家電省能做起，節水省能看標章，選擇公共運輸，少開冷氣、多吃蔬果少吃肉、回收資源，減少碳排放量等小撇步，也節省家庭開銷。

環保署於二〇〇八年六月五日地球環境日啟動，逐步推動節能減碳政策。本校每年配合植樹節每人種植一棵樹，了解植樹的功能，做到節能減碳的作用，讓每位學童均能身體力行，細心呵護他們所種的樹，看它生長茁壯。尤其在圍牆低漥處開闢了一處開心農場，師生們依據課程需要栽種不同的蔬菜，結合各領域的需要，讓兒童體驗栽種的樂趣。配合時令，栽種不同的蔬果植物，讓兒童實地參與觀察和紀錄。

利用做家事體驗，實際行動參與省電節水行動，印製減碳小秘訣與家人一起來，節省家庭水電支出。平時記錄碳足跡，檢視是否做到了。本校四年來水電皆負成長，達到實質效果。

低碳生活不是只有呼口號、貼標語，最重要的是全民一起身體力行，從生活中實踐，讓地球能永續發展，減少人類帶來的災難。

校外教學

一年一度辦理的校外教學，在訓導組及教務組規劃之下，行程安排兼顧人文與科技的觀察，讓學童走出戶外接近大自然。金門是個資源豐富的島嶼，隨處都是教室，隨手可得的教材視個別需要。

首站抵達碧山睿友學校，我親自擔任解說員，敘說碧山的歷史源流，這棟列為縣定古蹟的洋樓，經文化局爭取以及本村配合之下，花費約一千八百萬元重修完成，恢復昔日風華，啟用作為聚落文化活動中心。去年碩士論文以此棟洋樓為研究主題，它對本聚落子弟教育發揮重大的功能。我在小學階段前三年在這棟洋樓就讀，因此感觸尤深。

我就以陳長慶兄所寫的一首閩南語詩〈阮的家鄉是碧山〉，朗誦一遍並加以解說，令全校師生發出歡笑聲，如同上了一節母語課，內容道出了碧山的歷史源流及自然人文景觀，十分貼切。接著參觀后扁風力發電廠，聳立在海邊的風車，近看十分壯觀，有六十七公尺高，四十公尺長的葉片，以一定的時速運轉，與太陽能成為最夯的綠能。

來到金門文化園區，此園區約在十年前建好，花費數億元打造完成，一直沒有使用，直到近年才重新美化，一部分借給金門大學使用，一部分佈置為民俗文化館展示。正逢低碳生活展覽，導覽人員詳細解說下，還有太陽能小汽車ＤＩＹ活動，學生學習興趣濃厚，認真製作，最後又有玩具可拿。

吃過午飯後，休息片刻，我帶中高年級至民俗文化館參觀，展出的內容豐富，將小朋友提出的問題給予回答，許多是課堂中看不到的，在社會科學及鄉土教學助益頗大。最後到達植物園區，林務所特別派了兩位解說員，分為兩批參觀，進入環形劇場觀賞金門行道樹的風采，在二百四十度廣角旋轉，好像坐在直升機上的特效，臨場感極佳，欣賞林務所多年來植樹的成果。解說員將園區特殊的植物解說的十分清楚，如何分辨植物的特徵，上了一節寶貴的生態課。

林務所利用駐軍砲陣地改裝的鯨豚展示館，本校學生在今年三月份接受小小解說員訓練，喚起一般人們對鯨豚保護的重視。其實政府重視環境的改造，像環形劇場投入數百萬元建置，讓縣民及外來遊客可以觀賞的好場所。孩子在這幸福的環境下生活，真是幸福！

校外教學為讓孩子走出教室，接觸大自然，認識大自然，讓學習更廣闊，必須做好事先的規劃，讓學習更充實。

畢業旅行

在鄭主任籌劃下，一〇一年的畢業之旅終於成行，以中南部為參觀點。搭乘立榮早班飛台中，由於機場起霧，延遲約一小時才到達台中，因此行程有所改變。接近中午到達目的地。

這回加入三位五年級同學提前畢旅，總共二十八位成員參加，吃過午飯參觀霧峰地震博物館，十二年前九二一大地震，奪走了兩千四百餘人命，房屋一萬餘棟倒塌，財物損失約三十八億元。台中及南投地區學校有許多倒塌重建，成為具有特色的小學。

九二一地震發生後，政府及學者專家認為霧峰鄉光復國中基地中的斷層錯動、校舍倒塌、河床隆起等地貌，在幾個候選地點中條件最好震後地貌保存完整。便於光復國中現址，規劃改建「地震紀念博物館」，以保存地震原址、記錄地震史實，並提供社會大眾及學校有關地震教育之活教材，後來正式定名為「九二一地震教育園區」，以彰顯其紀念及教育意義。

園區展示包含：典藏活動斷層紀錄的「車籠埔斷層保存館」、見證九二一地震的「地震工程教育館」、感受地震震撼的「影像館」、防患於未然的「防災教育館」、見證台灣人民的患難真情及生命力的「重建記錄館」。

看完地震園區後，接著到達廣興紙廠參觀，以傳統手工造紙聞名，讓學童了解造紙的過程，體驗拓印的紙扇，大家做得很開心。今天最後一個景點是桃米社區－紙教堂，以紙教堂為主規劃為生態園，已經成為熱門的參觀景點。

第二天以九族文化村遊樂設施安排一天的活動，此地風景優美，十五年前來過一次，能夠經營到現在實屬不易，新增空中纜車帶來不少的遊客，順道遊覽日月潭風景，可享受一下居高臨下的視覺饗宴。兒童遊樂區是小朋友的最愛，從早到晚玩不膩。晚餐在貴族世家享受豐盛的牛排，並下榻台中市金典會館。

早上啟程先至台中特產店購買伴手禮，大包小包買回車上，讓老闆笑哈哈，一大早就有客人前來，至少賣兩三萬元。於是從台中南下義大世界，到達時已是中午，進了遊樂區首先找吃的，約兩百元的燴飯只不過半大碗，貴得離譜，有受騙的感覺，難怪幾位塊頭高大的學生直叫肚子餓，以後應規劃在遊樂區外用餐。這裡較多室內遊樂設施，讓孩子們玩個痛快，欲罷不能。

最後一天以高雄科工館為參觀點，半天的時間是看不完，共有六樓的展示館，如航空與太空、水資源利用、台灣工業史蹟、交通與文明、服裝與紡織等，展出內容十分豐富，我們僅在二樓電信與台灣、動力與機械、防疫戰鬥營就玩一上午。

下午前往西子灣英國領事館參觀，那棟紅磚洋樓較有特色，居高臨下可眺望高雄市區及海濱，匆忙看完再趕往駁二特區，那是早年港口留下來的倉庫，修建為藝術展示中心，正逢積木展覽，各種人像造型讓你驚豔，看完展覽驅車到達小港機場搭機，結束四天的行程。

這四天總算順利度過，這班的孩子行為還不錯，整體表現良好，有爸媽的陪同照顧，真是幸福。

新建運動場

盼了二十多年，終於在取得軍方土地之後，建成了一座造價一千五百萬元，跑道周長為一百八十公尺的運動場！完成多年來的宿願之後，終於擁有了屬於自己的運動場地，可以讓學生在體育課時能有充足的活動空間！

這座新建運動場是由金門防衛指揮部釋出毗鄰學校的保養廠做為基地所闢建而成。「運動場新建工程」包含了一百八十公尺周長的跑道、整地工程、景觀擋土牆工程、水電工程、綠籬及排水工程、雜項工程、設計監造等，造價約一千萬元；土地房舍收購的費用則是四百多萬元。

歷經現任金門縣陳坑陳氏宗親會理事長陳炳仁、正義里前里長陳國強、金門縣家長協會理事長徐鴻義、潁川堂金門陳氏宗親會理事陳森照等，都曾努力給予協助，並獲得縣長李沃士、教育處處長李再杭的支持。教育部國教司前司長黃子騰到金門視察時，則同意撥款一千萬元予以補助，再加上金門縣政府的支持，終於讓運動場興建工程可以按計畫推動。

這項工程用陳炳仁理事長的比喻，前有張慶翔中將帶來的「星光」，後有黃子騰前司長帶來的「曙光」，而且是眾志成城的結果；此外，他認為歷任金門立委——包括陳清寶、李炷烽在內都是助力；現任縣長李沃士在擔任議員以前，就參與推動，一直到完工啟用。

「運動場新建工程」舉辦完工啟用典禮，參加者除了全校師生之外，還有金門縣長李沃士、金湖鎮長蔡西湖、金門縣政府教育處處長李再杭、教育處國教科科長徐國成、正義里里長陳偃武、陳坑陳氏宗親會理事長陳炳仁、正義社區發展協會理事長陳水義等。

完工啟用之後，我和縣長一起拉著小朋友的手，與全校師生及與會賓眾試跑了一段路程。本校「跳鼓陣」則在典禮中為「運動場新建工程」的慶成表演。李縣長說，有了運動場以後，學校再也沒有理由不加強體育教育了！他知道正義國小運動場還有許多不足，但強調這項建設得來不易，因此第一步是先求有，再求其他；不足的部分，將請教育處逐步協助補足。他希望學校的運動場也要能夠提供社區使用。

接著，金湖鎮長蔡西湖表示，金門「幸福城市」應該要有健康做為基礎；他強調了李縣長所表達過的意思，期盼正義國小在社區中成為無圍牆的校園，與社區共享資源。

期望這座運動場發揮最大的效益，讓孩童養成良好的運動習慣，社區家長能隨時走進來活動一下筋骨，鍛鍊身體，達到設置運動場的目的。

寒冬送暖

每逢歲末會看到社會各界舉辦寒冬送暖活動，本校發起愛心樂捐活動，該項活動已持續第四年，自去年起，除了致贈慰問金外，並帶領學生實際走訪社福團體，以真正做到關懷老人及弱勢族群的生活，藉著學生們賣力演出，也希望將歡樂帶進大同之家及福田家園，並讓孩子在實際接觸這些社團後，體悟到社會上是有許多需要他們幫助的人們，培養他們的愛心。

輔導組陳翠賢老師首先發給每位同學一張致家長的信，說明活動的內容，希望每位學生節省平時的零用錢，存了起來，積少成多，加上師長們也一起湊數，總共籌足了一萬六千多元，把善款分成三筆，分別捐給了福田家園、家扶中心和大同之家。

當天師生先行搭乘遊覽車抵大同之家，許美鳳主任已在大門口等候，歡迎本校師生的到來，我也上台向長輩們請安，祝福大家健康快樂。學生表演跳鼓陣慰勞院裡的長輩們，阿公阿嬤看到小朋友的表演，露出喜悅的笑容。最後由學生代表致贈慰問金，並參觀院內環境設施。

接著一行轉往福田家園，與園生同樂，教導他們敲打鑼鼓，揮舞旗子和傘，關心他們的生活起居，體驗他們的生活。黃玉圓主任指出該園已收滿七十六位園生，大部分的園生，年齡都比小學生大，心智都比小學生低。學生們知道這些園生與一般人資賦不同，因此他覺得自己應該要好好珍惜既有的天賦，希望以後能多賺一些錢幫助他在福田看到的這些中重度多重身心障礙者。

藉由對福田家園的參訪，學校希望學生看到自己有多麼幸福，多麼健全，多麼富有，並希望他們學習關懷別人。為讓學生以實際行動關懷社會，並體認到施比受有福之觀念。

朝會

每週一三是學校舉行師生朝會，例行性的升旗外，尚有讀經、母語、英語教學時間，給予孩子多元的學習空間，讓孩子有展現才能的時刻，校長訓話也是少不了。

讀經內容包括唐詩宋詞、三字經、弟子規、增廣昔時賢文、朱子治家格言等，範圍很廣，每位學生背好指定的範圍，希望上台能琅琅上口，實施以來，絕大多數的孩子都能如願，讓讀經成為每天必讀的功課，營造校園的讀書氣氛。

母語教學大都以諺語為主，融入節慶活動，闡釋節慶的意義，體會本土民俗的精神，舉凡寺廟建醮、宗祠祭祖、宗教禮儀等，均為教學的內容。近年來本土語言十分重視，閩南語與台語有所混合，發音不同，以致造成教學困擾，盡力保存本地的發音。

英語教學以校園種植蔬果、花草樹木的名稱翻譯為內容，大都為生活所見的，並以彩色圖片為輔助教材，簡而易懂，在利用課餘時間認證，讓校園充滿英語會話的歡笑聲，進而喜歡英語。最近外師進入校園教學，學區設置英語情境教學，增強鄉村學童的英語能力，以縮短城鄉差距。

每次升旗後，我都會向全校學生講話，內容包羅萬象，有人文、自然、科學、倫理、修身等議題。我的原則是最多三個主題，每個主題簡潔扼要，因為冗長會造成反效果。例如節能減碳的行動，由自己做起，影響家庭以至社會；健康教育的推動：視力保健、牙齒保健、健康飲食等；社會上發生的議題作為活教材，加以評論省思；品德教育更為重要，四維八德的宣導，以現代思維解說。透過朝會的宣導，對師生的認知有所助益，給予檢視是否達成。

當小朋友獲獎時總會向他們道賀，並且藉此勉勵其他的見賢思齊，只要努力終究會得獎的。學校雖小，孩子的志氣高，在寫作、繪畫、運動、學藝等表現從不落人於後。

這些年來的宣導，已經起了效果，孩子的行為改變，看不到問題的孩子，內心感到欣慰，是全校共同努力的成果。

防災管理

參加防災師資培育課程，了解近年來天災危害的可怕，在世界各地發生嚴重的地震、颱風等，造成重大的傷亡，因此災害防救成了全球共通的重要議題。每個人都具備防災知識，以備發生災害時自救救人。

從資料顯示，台灣被列為三種以上天然災害威脅最嚴重的國家，歷年來重大災害有八七水災、白河地震、九二一地震、莫拉克颱風等，過去由於防災不足，缺乏整合，無法發揮救災效果。近年來成立防災應變小組，訂定災害防救法規，十年來防災成果豐碩。

在國家災害防救科技中心李文正博士談防災管理，有了重大災難的經驗，政府設立通報系統，預測災害可能發生，如何做好應變的準備，減低災害的損失。由苗栗縣啟明國小林國正校長分享近年來在校園防災教育的經驗，從校園災害防救計畫的擬定，災害應變小組兵棋推演，全校防災避難疏散演練等，該校在防災準備及為周詳，熟練各種災害的處置。

災害防救是學校師生必須嚴肅面對的生活問題，包含地震、防火、防溺、交通安全、急救、防疫、食物中毒等，具備防災素養，防災知識、態度、技能，強化抗災的能力。

面對任何災難的發生，從小具備防災的素養，可以減少災害的損失，多一分準備，少一分損失。學校更應積極落實防災教育，建立防災危機意識，以備發生災難時自救救人。

農場巡禮

校園後山開闢了一個快樂農場，我每週都會找一天帶領全校小朋友去看看果菜長得如何，藉由到農場的實際體驗，與環境教育結合，認識各種果菜的特徵及生長的變化。

農場裡依照四季節令種的菜有山藥、芥菜、甘藍菜、菠菜、茼蒿、馬鈴薯、青江菜、蘿蔔、番茄、番薯、小白菜等蔬菜；香茅、薄荷、迷迭香等香草。

每個孩子都有獨特的觀察力，對生活周遭的蟲鳴鳥叫、一花一草都能細膩感受。孩童好奇的問馬鈴薯是怎樣種的，山藥是怎樣結果實的，我便會一一解說，實地挖掘生成的果實。

譬如栽種的黃槿，圓型的葉子是做紅龜糕用來墊的，符合環保的要求；痲瘋樹幹取出的乳汁，可以治嘴巴潰瘍；香茅可以用來泡茶、除蟲及調理腥味的菜餚；山藥自古以來一直被當做滋補養生的食品，營養豐富。

我很喜歡把後山農場當成自然教室，每週都要親自引領全校學生做一次巡禮，師生共同栽種的蔬果，當收穫時刻到了，學校的營養午餐也經常有這些無毒的蔬果可以加菜，師生共同享受收穫的喜悅。

在校園種菜，澆的是回收再生的「中水」，從未使用自來水灌溉；施的是落葉積成的堆肥，不耗費能源，不用化學肥料；希望小朋友能從中學到生活的知識，不要五穀不分。

經過充實的農場巡禮後，學生不但親近大自然，向大地學知識，與萬物交朋友，對於以前農村時代的刻苦精神與內涵，也多了體會和認識。

毒害人生

今早從聯合新聞網看到一則金門警方破獲一個販毒集團，讓我極為驚訝，在純樸的金門，已逐漸受到毒品的汙染，在社會治安上亮起紅燈。

金門人自古以來崇尚勤儉，許多出外謀生的鄉親，憑著這股精神創業，受到雇主的賞識而擢升，功成名就返鄉。從事各行業著也努力打拼，省吃儉用，存了不少積蓄，生活永遠過得美好。社會風氣良好，少有事件發生，過著和諧的生活。

自小三通起，兩岸三地旅客來往日益複雜，犯罪率上升，尤其自大陸攜帶毒品槍枝進來，時有所聞，警方曾破獲多起販毒案件，無法遏止歪風，因其有利可圖。

從警方查獲吳姓為首的販毒集團，本身是吸毒者，已有吸毒前科，早已被警方鎖定。吳嫌平日無所事事、游手好閒，卻以ＢＭＷ名車代步，其毒品來源係到臺灣地區向毒品上游購買後，再自己或僱用旗下車手夾帶方式入境金門分裝販售。

吸毒的毒性對身體產生有害作用，通常伴有機體的功能失調和組織病理變化。其特徵有嗜睡、感覺遲鈍、運動失調、幻覺、妄想、定向障礙等。吸毒所致最突出的精神障礙是幻覺和思維障礙，甚至為吸毒而喪失人性。

家庭中一旦出現了吸毒者在自我毀滅的同時，也破壞自己的家庭，使家庭陷入經濟破產、親屬離散、甚至家破人亡的困難境地。當毒品活動加劇誘發了各種違法犯罪活動，擾亂了社會治安，給社會安定帶來巨大威脅。

在過去的二十多年中，吸毒問題就像瘟疫一樣在全球迅速蔓延，蔓延速度之快，波及人群之廣已遠遠超過地球上曾經發生過的任何瘟疫。任何國家、任何社會階層毫不例外地受到吸毒問題的影響。吸毒問題已經成為嚴重威脅全球人類生存最嚴重的醫學和社會問題之一。

在我國，海洛因濫用者已在過去的十年中由十幾例激增到五十二萬人。有資料顯示吸毒者的平均壽命較一般人短十到十五年。四分之一吸毒成癮者會在開始吸毒後十到二十年後死亡。近年來開始吸毒的年齡還有逐漸提前的趨勢。在有些國家中學生吸毒已經成為非常普遍的現象。

前年發起「紫錐花運動」宣誓反毒的決心，希望全國同心協力投入反毒，宣導吸毒的惡果，呼籲國人愛惜生命，走向健康的人生。

語言文學類　BG0008

健康快樂行

作　　者／陳順德
責任編輯／陳佳怡
圖文排版／楊家齊
封面設計／陳佩蓉

贊助出版／金門縣文化局
出 版 者／陳順德
法律顧問／毛國樑　律師
製作發行／秀威資訊科技股份有限公司
114台北市內湖區瑞光路76巷65號1樓
電話：+886-2-2796-3638　傳真：+886-2-2796-1377
http://www.showwe.com.tw
劃撥帳號／19563868　戶名：秀威資訊科技股份有限公司
讀者服務信箱：service@showwe.com.tw
展售門市／國家書店（松江門市）
104台北市中山區松江路209號1樓
電話：+886-2-2518-0207　傳真：+886-2-2518-0778
網路訂購／秀威網路書店：http://www.bodbooks.com.tw
國家網路書店：http://www.govbooks.com.tw
圖書經銷／紅螞蟻圖書有限公司
台北市114內湖區舊宗路2段121巷19號（紅螞蟻資訊大樓）
電話：+886-2-2795-3656　傳真：+886-2-2795-4100

2014年8月BOD一版
定價：200元

國家圖書館出版品預行編目

健康快樂行 / 陳順德著. -- 一版. -- 金門縣金沙
鎮 : 陳順德出版 ; 臺北市 : 紅螞蟻圖書經銷,
2014.08
面； 公分. -- (語言文學類 ; BG0008)
BOD版
ISBN 978-957-43-1566-6 (平裝)

855 103011877

讀者回函卡

感謝您購買本書，為提升服務品質，請填妥以下資料，將讀者回函卡直接寄回或傳真本公司，收到您的寶貴意見後，我們會收藏記錄及檢討，謝謝！如您需要了解本公司最新出版書目、購書優惠或企劃活動，歡迎您上網查詢或下載相關資料：http:// www.showwe.com.tw

您購買的書名：________________

出生日期：______年______月______日

學歷：□高中（含）以下　□大專　□研究所（含）以上

職業：□製造業　□金融業　□資訊業　□軍警　□傳播業　□自由業　□服務業　□公務員　□教職　□學生　□家管　□其它______

購書地點：□網路書店　□實體書店　□書展　□郵購　□贈閱　□其他

您從何得知本書的消息？

□網路書店　□實體書店　□網路搜尋　□電子報　□書訊　□雜誌　□傳播媒體　□親友推薦　□網站推薦　□部落格　□其他______

您對本書的評價：（請填代號　1.非常滿意　2.滿意　3.尚可　4.再改進）

封面設計____　版面編排____　內容____　文／譯筆____　價格____

讀完書後您覺得：

□很有收穫　□有收穫　□收穫不多　□沒收穫

對我們的建議：________________

____

____

____

請貼
郵票

11466
台北市內湖區瑞光路 76 巷 65 號 1 樓
秀威資訊科技股份有限公司 收
BOD 數位出版事業部

....

（請沿線對折寄回，謝謝！）

姓　名：＿＿＿＿＿＿＿＿＿　年齡：＿＿＿＿　性別：□女　□男

郵遞區號：□□□□□

地　址：＿＿＿＿＿＿＿＿＿＿＿＿＿＿＿＿＿＿＿＿

聯絡電話：(日)＿＿＿＿＿＿＿＿＿＿ (夜)＿＿＿＿＿＿＿＿＿＿

E-mail：＿＿＿＿＿＿＿＿＿＿＿＿＿＿＿＿＿＿＿＿